El sospechoso
viste de negro

El sospechoso viste de negro

Norma Huidobro

Ilustraciones de Pez

www.librerianorma.com | www.literaturainfantilnorma.com

Bogotá, Buenos Aires, Caracas, Guatemala,
Lima, México, Panamá, Quito, San José,
San Juan, Santiago de Chile.

Huidobro, Norma, 1949-
    El sospechoso viste de negro / Norma Huidobro ; ilustrador
Luis Alberto Pez. -- 2a. edición. -- Bogotá : Carvajal Soluciones
Educativas, 2015.
    200 páginas : dibujos ; 20 cm. -- (Colección torre de papel.
    Torre naranja)
    ISBN 978-958-776-479-6
1. Novela juvenil argentina 2. Novela negra 3. Misterio –
Novela juvenil 4. Detectives - Novela juvenil I. Pez, Luis Alberto,
Ilustrador II. Tít. III. Serie.
A863.6 cd 21ed.
A1472527

    CEP-Banco de la República-Biblioteca Luis Ángel Arango

Impreso en Colombia - Printed in Colombia
Impreso por:Editora Géminis S.A.S.

Primera edición: enero de 2015

Diagramación y armado: Marcela Dato

CC: 26508920
ISBN: 978-958-776-479-6

Contenido

1

Eran las cinco de la tarde y Marcos se aburría. Ya había terminado de estudiar contabilidad para la última prueba del año y, como apenas quedaba una semana de clases, ya no había mucho por hacer. Así que, del colegio: nada, nada hasta el día siguiente. Faltaban dos horas para que llegara su mamá y lo mandara a ordenar su habitación, y tres para que llegara su papá y le preguntara si ya había ordenado su habitación. ¿Qué hacer, entonces, hasta las siete? ¿Ir a la casa de Ema? Ya lo hizo. Fue, golpeó la puerta (el timbre no funciona), volvió a su casa, llamó a Ema por teléfono (por si no hubiera escuchado los golpes): nada. Evidentemente, no estaba. Pruebas había de sobra; ¿para qué insistir, entonces? Además, Ema vivía en el departamento de al lado y era terriblemente bochinchera: hacía ruido con la máquina de coser (a pedal, que son las más ruidosas), cantaba tangos y hablaba con el gato. No, no estaba. A otra cosa.

Marcos se tiró en el sillón del living, mirando el techo, listo para continuar una historia de guerreros espaciales que se venía inventando desde hacía dos días, cuando sonaron dos, tres, cuatro, cinco golpes en la puerta. Y eso que en su casa hay timbre, y que funciona, y que cualquier persona cuando ve un timbre lo toca y no golpea...

—¡Ema! ¿Dónde estabas?

—Fui a lo de mi hermana, tesoro, pero por suerte ya estoy de vuelta. Vamos a tomar la leche a mi casa, que me muero de hambre. Acabo de comprar medialunas... Y ahora que me acuerdo, dejé la ventana cerrada para que no se mojara el telescopio porque parecía que iba a llover... y me olvidé de Carlitos, o sea que el pobrecito no salió a hacer pis en todo el día. ¿Te das cuenta? Al final no llovió y yo paseando el paraguas. Y el pobre Carlitos encerrado —dijo Ema casi de un tirón, casi sin respirar, con el paquete de medialunas en una mano y en la otra el paraguas, a modo de bastón presidencial—. Vamos, rápido, corazón —le ordenó a Marcos, enfilando hacia la puerta de su departamento, mientras colgaba el paraguas en la manija de su cartera y metía la mano en un bolsillo para sacar las llaves–. ¿Te dije que me estoy muriendo de hambre, nene? Cada vez que voy a lo de mi hermana me pasa lo mismo. Con la historia de que siempre está enferma, ya ni come ni deja comer: mata de hambre a todo el mundo. Se lo pasa a zapallo y zanahoria, así no se puede vivir, ¿no te parece? Te juro que la próxima vez que vaya a visitarla, me llevo la comida.

Lo primero que hizo Ema ni bien entró a su departamento, fue correr hacia la ventana y abrirla. Lo segundo, hacerse a un costado para que saliera el gato y lo tercero, disparar hacia la cocina para preparar la merienda.

Marcos estaba contento. Se acercó al telescopio, lo acomodó y se puso a mirar los árboles del parque, sobre todo las palmeras datileras, donde se amontonaban las cotorritas. Le gustaba verlas comer los dátiles y tirar los carozos al suelo. Desde la cocina llegaba un ruido de tazas y cucharitas que, como siempre, precedía al café con leche. Saboreó las medialunas por adelantado y pensó que todo estaba bien, cada cosa en su lugar... Aunque, quizá faltaba algo...

–¡Ema! –gritó, sin abandonar el telescopio–. ¡No te vayas a olvidar de la manteca y el dulce de leche!

2

Con la visita a la casa de su hermana, a Ema se le atrasó la costura; y como de eso vivía, retomó su trabajo después de la merienda. Sentado frente al telescopio, Marcos estudiaba atentamente el parque, tratando de encontrar a Carlitos.

—¡Allá está, Ema! —gritó entusiasmado—. Le está haciendo la corte a una gata gris.

—Ese sinvergüenza es un Don Juan —dijo Ema—. Anda con todas las gatas del parque. Seguro que hoy no viene a comer. Yo sé lo que te digo.

—¿Vos nunca te enamoraste, Ema? —preguntó Marcos de golpe, sin apartarse del telescopio.

–¿Cómo si nunca me enamoré? ¿Te olvidás que tuve marido?

–No, ya sé. Quise decir después... ahora, por ejemplo.

–¡Ay, nene, nene! Ahora también –confesó Ema–. Pero te diré que esta vez las cosas están saliendo mal. No sé qué pasa...

–Dale, contame –pidió Marcos, mientras se apartaba del telescopio; Carlitos y la gata gris habían salido de su campo de visión para desaparecer entre unas matas de flores blancas.

Entonces, como siempre, Ema empezó a contar. Los dos estaban acostumbrados a escucharse penas y alegrías y darse una mano como pudieran. Lo que ahora estaba sucediendo era simple y complicado a la vez. Ema se había enamorado de Felipe, el farmacéutico de la esquina. Al principio, las cosas marchaban bien: ella iba cada tanto a comprar aspirinas y charlaban los dos un buen rato. Después él le dijo que le encantaba charlar con ella y que por favor pasara en cualquier momento, aunque no necesitara comprar nada. A Ema esto le vino genial porque, en realidad, ya no sabía qué hacer con tantas aspirinas. La cosa siguió así durante un buen tiempo hasta que, de golpe, un día Ema empezó a notarlo raro al farmacéutico; hablaba poco y se lo veía preocupado, entonces ella supuso que ya no le interesaba su compañía como al principio. Ahora hacía seis

días que no aparecía por la farmacia, porque había decidido que si él seguía indiferente, no regresaría más. Pero, claro, estaba enamorada y no podía dejar de pensar en él.

–Bueno, Ema... a lo mejor puedo hacer algo. Mirá, la nieta del farmacéutico, Celeste, fue compañera mía desde Jardín. ¿Te acordás? Ahora vamos a colegios distintos, pero puedo ir a verla con cualquier pretexto y así averiguo algo. ¿Qué te parece?

¿Y qué le iba a parecer a Ema? Por supuesto, estuvo de acuerdo. Le pareció de lo más natural que Marcos fuera a la farmacia, preguntara por Celeste y le sacara un poco de conversación a Felipe, el farmacéutico, tratando de rastrear algo acerca de su interés por ella. Eso sí, con discreción; no fuera cosa que Felipe pensara que ella estaba loca por él y por eso había mandado al chico a investigar a la farmacia.

—¡Ojo, nene! No me hagas quedar mal, ¿eh?

3

Ni bien salió del colegio, y a pesar de que se moría de hambre y Ema lo esperaba a almorzar en su casa, y sabiendo por añadidura que el almuerzo consistía en milanesas con papas fritas, Marcos enfiló derecho para la farmacia, dispuesto a charlar todo el tiempo que fuera necesario, con tal de averiguar algo para Ema. Muy optimista, pensó que podría controlar el hambre una media hora más. Después de todo, la farmacia no quedaba lejos, apenas una cuadra y media de su casa, cruzando la calle. Y ahí estaba, con el toldo a rayas verdes y blancas y las dos vidrieras chiquitas con nebulizadores y almohadillas eléctricas para el lumbago.

Marcos entró, y como no había nadie, decidió que lo mejor sería esperar a que viniera Felipe. Se apoyó en el mostrador, dispuesto a entretenerse leyendo las etiquetas de los frascos de remedios, y justo en ese momento escuchó voces que venían del cuartito donde se aplicaban las inyecciones. Era el farmacéutico que hablaba con alguien. Las voces eran dos, no había dudas, pero él sólo identificaba una: la de Felipe. Además, no entendía bien lo que hablaban, todo se oía confuso. Lo que sí distinguía eran los diferentes matices de las voces: la del farmacéutico expresaba miedo, la otra, en cambio, era autoritaria. Marcos se asustó un poco y estuvo a punto de irse, pero enseguida se arrepintió, porque su curiosidad era más grande que el temor que le inspiraba esa voz.

—No, de ningún modo —se oyó decir a Felipe, levantando ahora el tono, como sacando fuerzas de algún lado.

—Es su última oportunidad —atacó el otro, elevando también la voz.

—No me amenace —ordenó y suplicó a la vez Felipe.

—Le aseguro que si no colabora, se va a arrepentir —dijo el otro con una voz que retumbaba, porque ya estaba saliendo del cuartito de las inyecciones.

Al lado de la farmacia había una verdulería, allí se escondió Marcos para poder espiar al hombre cuando saliera. Oculto detrás de una montaña de tomates, lo vio: era alto, flaco y vestía de negro. El hombre caminaba muy rápido, así que no pudo apreciar más detalles. A pesar del miedo, abandonó el escondite de los tomates y empezó a seguirlo, pero al llegar a la esquina el desconocido dobló. Marcos apuró el paso y cuando él también llegó a la esquina, el hombre ya no estaba. En ese momento, advirtió que un colectivo acababa de arrancar. "Muy bien", razonó, "eso quiere decir que hay dos posibilidades: o subió al colectivo o entró en una de las casas de la cuadra".

Si bien las opciones eran dos, solamente podría hacer una cosa: tratar de ubicarlo en el edificio de enfrente. ¿Por qué? Muy simple, porque el colectivo ya se había ido y él no podía seguirlo. Y además porque en la vereda de enfrente había un edificio de departamentos con la puerta abierta de par en par y ninguna otra casa con las puertas abiertas, y el hombre había desaparecido muy rápido... así que... o el colectivo o el edificio de departamentos.

Marcos respiró hondo, cruzó la calle y entró al edificio. Junto a una puerta con un cartel que decía "Portería", una mujer con un trapo en una mano y un balde en la otra hablaba con un hombre. El hombre era alto y flaco y vestía de negro. Marcos se detuvo de golpe. Para qué negarlo, tenía miedo. Con un pie avanzaba y con el otro retrocedía; en eso estaba cuando la mujer entró a la portería y

el de negro empezó a subir por la escalera. Menos mal, la indecisión de Marcos desapareció. El pie que avanzaba siguió avanzando y el otro no tuvo más remedio que seguirlo.

El hombre ya había subido un piso. Marcos empezó a subir detrás. "Un piso es una distancia demasiado larga cuando uno no sabe adónde va", pensó. El hombre llegó al segundo y comenzó a subir la escalera hacia el tercero. Marcos avanzaba hacia el segundo, iba por la mitad de la escalera cuando dejó de oír los pasos del otro. Un breve silencio y enseguida el sonido de unas llaves. Evidentemente, el hombre abriría una puerta. ¿Cuál? Marcos siguió avanzando, despacio. Otra vez escuchó sonido de llaves, pero ahora en la cerradura. El hombre estaría entrando en alguno de los departamentos. ¿En cuál? Marcos se apuró y llegó al tercer piso reptando por los escalones, justo en el momento en que una puerta se cerraba con un golpe. Pero sólo el golpe llegó hasta él. ¿Cuál sería la puerta que acababa de cerrarse? ¿Cuál, de las cinco que se veían en el largo pasillo? Eso pensaba, cuando otro ruido lo sobresaltó: dos o tres pisos más arriba alguien abría la puerta del ascensor. "Bueno", pensó, "es hora de desaparecer..."

4

—Tal como te lo cuento, Ema, el tipo lo amenazaba. Mucho no entendí, pero por lo poco que pesqué, me di cuenta de que lo estaba amenazando.

—Repetime las frases, nene, dale; tragá y contame. No hables con la boca llena que no entiendo nada.

—El de negro le dijo que era "su última oportunidad". Entonces Felipe dijo bien clarito: "no me amenace". Y el otro le contestó que si no colaboraba se iba a arrepentir. Y ahí me fui volando para que no me vieran, porque ya salían del cuartito de las inyecciones —concluyó Marcos, llevándose a la boca un trozo de milanesa con media docena de papas fritas pinchadas, una sobre otra.

Ema se quedó pensativa, mientras repetía una y otra vez las frases que Marcos había escuchado.

—Para mí que se trata de una extorsión —dijo de pronto—. El tipo le quiere sacar plata a cambio de no divulgar algún secreto, algo comprometedor para Felipe. ¿Entendés, nene?

—Sí, es lo que yo había pensado —acordó Marcos mientras tragaba el último bocado de su cuarta milanesa. Y dando el almuerzo por terminado, se levantó para instalarse frente al telescopio—. A lo mejor —continuó—, si miramos bien todas las ventanas del edificio donde entró el hombre, en una de ésas, quién te dice, tal vez pesquemos algo...

—Ay, nene, nene. ¿Vos pensás que en la vida real las cosas son como en las películas o en las novelas que leés? ¿Me querés decir qué vamos a descubrir con el telescopio? Yo te diría que...

—Ema, Ema, mirá —la interrumpió Marcos, con el ojo izquierdo pegado al telescopio.

Ema se acercó y miró hacia donde él le indicaba. Una de las ventanas del tercer piso tenía la persiana levantada hasta más o menos la mitad, y aunque adentro estaba oscuro, se alcanzaba a distinguir a un mono saltando. Al parecer saltaba sobre un sillón o cualquier cosa mullida que no se veía desde la ventana.

–¡Qué raro! –dijo Ema–. Nunca lo había visto.

–Yo tampoco, y eso que miro siempre.

Durante más de quince minutos estuvieron turnándose los dos frente al telescopio para observar al mono, que lo único que hacía era saltar. Hasta que en un momento, una mano (y también parte de un brazo) apareció por la ventana y agarró al mono por el pescuezo, e inmediatamente otro brazo y una espalda y nada más. Brazos, espalda y mono salieron de escena y sólo quedó la ventana enmarcando una pared gris.

5

—Dos ventanas están cerradas. Una es la del mono. Nos quedan dos que están abiertas. De las dos que están abiertas, una la descarto: estoy viendo a la abuela de Federico y sé que vive sola porque hace poco estuvo enferma y Fede se fue a dormir con ella para hacerle compañía –observó Marcos, metido ya, a esta altura de los acontecimientos, en la mismísima piel de Sherlock Holmes–. La otra, no estoy muy seguro, pero a juzgar por las dos viejitas que estoy viendo...

—A ver, a ver –lo interrumpió Ema, apartándolo del telescopio–. ¡Ajá! –exclamó, ofendida–. ¡Viejitos son los trapitos, nenito!

Esas dos señoras no son viejas, tendrán mi edad, año más, año menos. Son clientas mías, nene. ¡Viejas! ¡Ja! Bueno... –se tranquilizó un poco–, descártalas, corazón. Viven juntas. Nadie más vive con ellas.

–Entonces nos quedan las dos ventanas cerradas y la del mono –razonó Marcos–. En uno de esos tres departamentos vive el de negro.

En tales razonamientos estaban, cuando a Ema se le ocurrió una idea: alguien tenía que ir al edificio del de negro y preguntarle a la portera si había departamentos para alquilar o vender. Marcos estuvo de acuerdo y no necesitó que se lo dijeran dos veces. Allá fue.

Cuando llegó, la portera estaba con el mismo balde de antes, pero ahora limpiaba los escalones de la entrada.

–Buenas tardes, señora, quiero preguntarle algo... Querría saber si en este edificio hay departamentos para alquilar o comprar.

La mujer lo miró de arriba abajo, lo estudió bien estudiado y después le preguntó para qué quería la información. Marcos le contó que su papá era arquitecto y que andaba buscando un departamento en la zona para instalar su estudio. Entonces la portera, satisfecha con la información, le dijo que sí, que quedaban tres departamentos desocupados, uno en el primer piso y dos en el tercero. Los tres de dos ambientes y externos.

–Si tu papá está interesado, que venga y hable conmigo.

Marcos agradeció y salió volando. Cuando llegó a lo de Ema, casi no podía hablar.

—Nos queda una sola ventana, Ema. ¡Una sola! ¿Te das cuenta? ¡La ventana del mono! Conclusión: el hombre de negro y el mono viven en el mismo departamento.

Ema dudaba. A pesar del entusiasmo de Marcos y a pesar, también, de que la idea de averiguar por los departamentos desocupados había sido de ella, dudaba.

—No sé. ¿Qué querés que te diga? —dijo pensativa—. Todo salió tan fácil... demasiado fácil...

—Vos me dijiste antes que en la realidad las cosas no son como en las novelas. Y tenés razón. En las novelas es todo más complicado y en la realidad es más simple. Si esto fuera una novela, se habrían necesitado varios días para descubrir dónde vive el de negro. Pero es la realidad y lo descubrimos en un rato, así que alegrate.

—Está bien, nene, me convenciste. Pero decime una cosa, ¿qué hacemos con el mono?

—Con el mono, nada, Ema; con el dueño. El hombre de negro vive con un mono, pero el mono no nos interesa. Lo que tenemos que averiguar es por qué el de negro extorsiona al farmacéutico. ¿Está claro?

Esa noche, a Marcos le costó dormirse. No porque no tuviera sueño. Lo que pasaba era que tenía que trazar un plan para la mañana siguiente. No quería dejar nada librado al azar, como suele decirse. Al mejor estilo de los detectives de sus novelas policiales, ni bien llegó a su casa se tiró en el sillón del living, con los brazos debajo de la nuca y mirando el techo, y se puso a pensar. Lo veía a Felipe el farmacéutico amenazado con un revólver por el hombre de negro, encerrado en el sótano de la farmacia; se vio llegar, alto (mucho más que en la realidad), y desarmar al delincuente con una fabulosa llave de karate. Luego lo ataba de pies y manos y lo dejaba maldiciendo en chino mientras él corría a llamar a la policía, seguido por el farmacéutico, a quien había desatado segundos después de haber atado al feroz delincuente...

–Te dije mil veces que no quiero que apoyes las zapatillas en el sillón –dijo su mamá, saludándolo con un beso en la mejilla.

–Hola, ma. No te oí entrar. ¿Cómo estás?

–Bien, bien... Muerta de hambre. Voy a preparar la comida. ¿Por qué no te bañás ahora, así ganamos tiempo?

Pero Marcos no sólo no tenía ganas de bañarse ahora, sino que tampoco pensaba hacerlo después. ¿Para qué tanto baño? Por el momento, lo único que quería era continuar con su película. Así que retomó donde su madre lo había interrumpido. Entrecerró los ojos, se estiró cuanto pudo en el sillón y, ahí estaba él, justo en el momento en que salía corriendo con Felipe para buscar un teléfono y llamar a la policía...

—Te dije mil veces que no quiero que apoyes las zapatillas en el sillón —dijo su papá, mientras le daba un beso en la frente y con la mano le revolvía el pelo—. ¿Qué te parece si te bañás antes de que esté la comida, así ganamos tiempo?

6

Pensativo, Felipe el farmacéutico revolvía con el tenedor los ñoquis de su plato. Sin duda, se le estaban enfriando. Y todavía no había probado ni uno.

Al parecer, Celeste era la única que se había dado cuenta. Por eso no dejaba de observarlo. Sus padres estaban muy ocupados haciéndole monerías a su hermanito y festejando las asquerosidades que hacía con la comida. Una verdadera inmundicia. "Ver para creer", pensaba Celeste, mientras miraba a Julián que escupía los ñoquis y a sus padres que se reían y los juntaban del piso, y otra vez a Julián pasándose la mano sucia de tuco por la cabeza y ellos limpiándolo con una servilleta sin dejar de reírse.

Apenas dos años atrás, Celeste ni siquiera soñaba con tener un hermanito. Y de golpe y porrazo, ahí estaba Julián llorando de día y de noche y convirtiendo la casa en un depósito de pañales, ositos de peluche y ropa de bebé. Pero lo peor de todo fue la transformación de sus padres. Esos dos seres inteligentes, sensatos y equilibrados que habían sido sus padres y que contaban con la total admiración de su hija única, se habían convertido en un par de babosos que le festejaban a su hermano cuanta estupidez y asquerosidad se le ocurriera hacer.

¿Qué había pasado? ¿Tal vez ser padres a los cuarenta produjera esos trastornos en la conducta? Celeste no estaba muy segura, pero suponía que a lo mejor ésa era la respuesta, por eso había pensado seriamente estudiar la carrera de Psicología ni bien terminara el secundario, para entender bien el problema y advertir a la humanidad acerca de los peligros de la maternidad y paternidad tardías, sobre todo en los casos en que hay hijos mayores que se convierten en testigos de la triste decadencia de sus padres. Sí, se dedicaría a estudiar ese problema y tal vez, ¿por qué no?, podría llegar a ganar algún premio importante como investigadora de la conducta humana.

Afortunadamente con su abuelo las cosas habían sido distintas. Seguía siendo el mismo hombre sereno y comprensivo de siempre. Él no se dejaba tiranizar por el déspota y cochino de su hermano. Fue el único miembro de la familia que siguió tratándola como antes de que naciera Julián. Por eso ahora, mientras sus padres jugaban con el hermanito, Celeste miraba a su abuelo y sabía (estaba segura), que algo le pasaba. Y algo grave. Porque para que él no comiera, realmente tenía que ser algo grave.

—Abuelo, ¿me ayudás con Biología? —dijo, levantándose de la mesa.

—¿Qué? —preguntó el abuelo, distraído, sin dejar de revolver los ñoquis.

—Que me ayudes con Biología. Mañana tengo prueba. Dale. Vamos a mi cuarto.

—Me imagino que no habrás dejado todo para último momento, ¿no...? —intervino el padre, con la expresión a medio camino entre una morisqueta dirigida a Julián y el reproche destinado a su hija mayor.

Celeste levantó la cabeza todo lo que pudo y ensayó una mirada desafiante, tratando de demostrar que estaba más allá de cualquier amonestación proveniente de padres tan venidos a menos como los suyos. Y al parecer, el gesto dio resultado, porque el padre, después de mirarla con algo de curiosidad, volvió a la morisqueta que había quedado pendiente para Julián, mientras el nene, feliz por haber recuperado la total atención paterna, le escupía un ñoqui en el ojo derecho. Esto ya era un escándalo para Celeste, una verdadera humillación. No le quedó otra cosa que hacer más que tomar a su abuelo del brazo y emprender una digna retirada.

–Contame, abuelo, ¿qué te pasa?
–¿Qué...? Nada, nena, nada... A ver, ¿qué querés que te explique?
–Todo lo que te está pasando, abuelo.
–¿Y Biología?
–Bien, gracias. Me saqué un diez en la prueba del martes. Ahora, contá vos. ¿Qué te pasa?
–¿Y quién te dijo que me pasa algo?
–Tu cara. Tu plato de ñoquis, no comiste ni uno.
–Es que no ando bien del hígado, ¿sabés? Me tengo que cuidar.

Era obvio que tendría que abordar a su abuelo de otra manera. Con preguntas demasiado directas no iba a conseguir nada.

–Hace mucho que no veo a tu amiga Ema. ¿No viene más a visitarte? –preguntó como al descuido, segura de que el conflicto de su abuelo era de índole sentimental.

–Hace tiempo que no viene. Creo que ya no le interesa mi compañía –contestó Felipe, seguro de la conveniencia de que su nieta creyera que sus preocupaciones pisaban el terreno de lo sentimental.

–Entonces no tenés de qué preocuparte.
Yo te lo arreglo. Vas a ver –declaró Celeste,
convencida más que nunca de que alguien,
en esa casa de locos, tenía la obligación de
hacer algo por el abuelo. Ella tomaría la iniciativa e iría en busca de Ema, la simpática
señora de quien su abuelo (estaba segurísi-
ma), se había enamorado perdidamente.
Sería muy fácil llegar hasta Ema. Sólo tendría que ir en busca de Marcos, su antiguo

compañero de escuela, que era vecino de
Ema y la conocía muy bien porque ella lo
cuidaba cuando era chico. ¿Qué esperar, entonces? Si estaba en sus manos hacer algo,
¡lo haría!

Algunos dicen que las casualidades no existen, otros, que sí. Casualidad o lo que fuera, la cuestión es que Celeste y Marcos se encontraron a la salida de la escuela. Es interesante considerar el detalle de que ambos van a escuelas diferentes, que una queda para el norte y otra para el sur, de manera tal que sus caminos jamás se cruzan. Pero esta vez..., en fin, simplemente sucedió: se cruzaron.

Pasó más o menos así: Celeste estaba llegando a la farmacia cuando recordó que necesitaba hojas de dibujo, y como ya habían pasado varios minutos de la una, la librería donde ella compraba siempre, seguramente estaría cerrada. Así que decidió caminar hasta la otra esquina, donde hay un kiosco que vende de todo y está siempre abierto. Nada más. Una cuadra no caminada habitualmente fue suficiente para que se encontraran.

—Hola —saludó él, algo turbado, porque si bien había pensado en buscar a Celeste para ayudar a Ema, no se le había ocurrido que iba a ser así, tan de repente... O sea que se dio cuenta de que no tenía la menor idea de lo que le iba a decir. ¡Qué desastre!

—Hola —contestó ella, algo turbada, porque aunque había pensado en hablar con Marcos para ayudar a su abuelo, no se le había ocurrido que iba a ser así, tan sorpresivamente... O sea que no sabía qué decir. ¡Qué horror!

—¿Cómo te va en la escuela? —preguntó él, en voz bien alta, para tratar de aparentar seguridad.

—Bien, ¿y a vos? —contestó ella, levantando la cabeza para no parecer insegura.

—Bien... y, ¿tu abuelo, cómo anda?

—¿Mi abuelo? Bien... y, ¿Ema cómo está?

—¿Ema...? Bien, bien...

Tontos no eran; los dos se daban perfecta cuenta de que con ese diálogo estúpido no iban ni para atrás ni para adelante. Claro que, ¿cómo cambiarlo? Tal vez parezca fácil, pero no lo es. En casos como éste se producen unos silencios mortales que nadie se anima a romper. Y ahí estaban los dos sin saber cómo seguir. Entonces, viendo que todo se perdía y en un intento desesperado por evitar que Celeste se fuera, Marcos volvió a hablar.

—Y... así que tu abuelo... ¿anda bien?

—Bueno... no sé... en estos días lo noto un poco raro, pero... ¿vos qué sabés?

Suficiente. Esa pregunta bastó para que Marcos contara todo, o se las ingeniara para contar todo de manera tal que Ema no quedara como que andaba muriéndose por Felipe. Contó que él había ido a la farmacia a comprar aspirinas y que había escuchado la conversación con el hombre de negro, que se lo había contado a Ema y que los dos estaban preocupados y que averiguaron lo del departamento y el mono y, que, en fin, si ella estaba de acuerdo (después de todo era la nieta de la supuesta víctima de chantaje), investigarían a fondo la cuestión y llevarían el asunto hasta sus últimas consecuencias, es decir, hasta dar con el extorsionador en la cárcel y...

—Decime una cosa —interrumpió Celeste—, ¿tenés alguna idea de lo que podemos hacer?

8

¿Qué hacen los detectives? Espían, persiguen, buscan. Eso es lo que había que hacer. Entonces, ¿qué mejor que el telescopio de Ema?

–¿Y, Ema? ¿Viste algo?

–Nada, nene. La ventana está cerrada. Seguro que el de negro salió temprano.

–¿Y el mono?

–¡Qué sé yo! Se lo habrá llevado, o estará adentro y por eso cerró la ventana, para que no se escape.

–Ni bien llegue Celeste, me turno con ella en el telescopio y vos te ponés a coser tranquila. Pero qué raro que todavía no haya llegado...

Y justo en ese momento se oyeron dos, tres, cuatro golpes en la puerta. De un salto, Marcos fue a abrir.

–Abajo estaba abierto, así que subí directamente. Pero acá me cansé de tocar el timbre. ¿No escuchaban? –dijo Celeste a modo de saludo.

–No, corazón, el timbre está descompuesto –respondió Ema, saludándola con un beso.

–Hace ciento cinco años que está descompuesto; a Ema le gusta así –afirmó Marcos, mientras se instalaba frente al telescopio.

–No le hagas caso, nena, en cualquier momento lo hago arreglar. Ya van a ver.

–¡Allá está! –gritó Marcos, repentinamente entusiasmado–. Ema, te dejo el telescopio. Celeste y yo lo vamos a seguir. Mañana te cuento. Acordate de que hoy es el cumpleaños de mi abuela y vuelvo muy tarde. Chau.

Las últimas palabras las gritó desde el ascensor. A Celeste no le quedó más remedio que seguirlo. ¿Qué podría pasar? Por el momento, ya estaban en la calle, corriendo hacia el edificio del de negro. Al llegar a la esquina, divisaron una silueta negra que ya les llevaba demasiada ventaja. Imposible alcanzarlo. Aunque... iba en dirección a la farmacia... Sí, no había dudas: iba a la farmacia. Estaba entrando. Ellos siguieron corriendo.

Agachados, casi al ras de la vereda, espiaron por una de las vidrieras. Ahí estaba el de negro, de espaldas a la calle, hablando con Felipe, quien detrás del mostrador parecía un condenado a muerte esperando el tiro fatal. Lástima que no podían escuchar nada, el ruido de la calle lo impedía. Pero se notaba que Felipe tenía miedo y que el de negro lo amenazaba, porque no hacía más que mover la mano derecha, apuntándole con el dedo índice mientras le decía vaya saber qué cosas.

Repentinamente, el hombre dio media vuelta y enfiló hacia la puerta. Apenas le vieron la cara porque tuvieron que salir corriendo a esconderse detrás de la montaña de tomates de la verdulería. Pero algo vieron, lo suficiente para comprender que un hombre con esa cara sería capaz de cualquier cosa. Sí, señor. Hay caras y caras, pero ésa...

–Me parece que lo mejor va a ser que yo hable con mi abuelo –razonó Celeste en un evidente ataque de sensatez, mientras dejaba el escondite de los tomates.

–Yo creo que lo mejor es que investiguemos por nuestra cuenta –insistió Marcos, intuyendo que su amiga tenía intenciones de desbaratarle la aventura.

–No hay nada que investigar –decidió ella, con ese tono autoritario que Marcos le

conocía desde Jardín, y que por lo visto seguía conservando.

–¿Cómo que no hay nada que investigar? ¿Te parece poco el tipo de negro, las amenazas y el mono en la ventana?

–A mí no me importa –siguió Celeste–. Yo le pregunto directamente a mi abuelo qué le está pasando con ese tipo y se terminó. Y te aseguro que me lo va a decir porque a mí me cuenta todo.

No habló más y entró a la farmacia. Marcos se quedó en la vereda, sin saber qué hacer. Por un lado quería irse, pero a la vez pensaba que sería mejor quedarse, por si a su amiga se le ocurría salir y contarle lo que había averiguado, suponiendo que averiguara algo. En ese dilema estaba, cuando la vio aparecer con una cara de decepción que lo tomó por sorpresa.

–Mi abuelo no está –dijo.

–No puede ser, si no lo vimos salir.

–Salió por la puerta de casa, que está a la vuelta. Le dijo a mamá que se iba a lo del tío Andrés y que a lo mejor no vuelve hasta mañana.

Aparentemente, no había nada que hacer hasta que regresara Felipe, por lo menos así lo entendía Celeste. Según ella, habría que esperar hasta la mañana siguiente, cuando su abuelo regresara de Adrogué, que es donde vivía su hermano Andrés. Y como mañana era sábado, Marcos podría pasar por la farmacia temprano y ella le contaría todo.

Si bien la cosa no pintaba muy emocionante que digamos, a él no se le ocurrió nada mejor. Además, era el cumpleaños de su abuela y le había prometido que llegaría temprano para ayudarla con los preparativos. Qué mejor, entonces, que se suspendiera la investigación hasta el otro día. Pero eso sí, nada más que hasta el otro día, después seguiría su curso normal (aunque nadie supiera cuál era ese curso normal).

9

Si hay alguien tenaz en este mundo, ésa es Ema Garaffiocco de Ciapparelli, Ema García, según la delicada abreviatura, elegida por ella misma cuando tuvo la feliz idea de hacer imprimir las tarjetas "profesionales" (así las llama Ema), donde anunciaba su oficio y que la habían hecho famosa y solicitada en los barrios de San Telmo, Barracas y La Boca. *Ema García, modista fina, reformas y arreglos de prendas...*

No es que a Ema le gustaran los apellidos españoles, sino que se resistía a inventar uno

que no tuviera nada de los suyos (y los suyos, así tal cual, sin ningún corte, le pare-
cían demasiado excesivos). Por eso, cuando
llegó el momento de elegir, García le pareció la síntesis perfecta, el único que ence-
rraba algo de sus dos apellidos verdaderos,
el propio y el de su marido, muerto ya hacía
unos cuantos años.

"Un clavo saca otro clavo", dice siempre
Ema. Y cuando murió su marido, después de
haber llorado mucho más de lo que siempre
imaginó que podría llegar a llorar, hizo tres
cosas: primero, recogió un gato del parque y
lo llevó a su casa; segundo, decidió "profesio-
nalizarse", si bien siempre había cosido y tenía unas cuantas clientas, al no estar ya su
marido, tampoco estaba su sueldo de empleado del Correo. La tercera cosa que hizo,
y la más importante, fue aceptar el trabajo
que le ofrecieron sus vecinos: cuidar a su hijo de pocos meses, mientras ellos estaban tra-
bajando. Y aquí aparece Marcos en su vida.
Marcos con moisés, mamadera y pañales en
su departamento, todos los días menos los sábados y domingos, días que Ema aprovecha-
ba para coser más que nunca y para visitar a
su hermana que vive en Avellaneda.

Marcos fue creciendo, y a medida que lo
hacía cambió el moisés por el cochecito, el
cochecito por el triciclo, el triciclo por la bi-
cicleta. Ema y Marcos comían juntos, iban al
parque, hacían los mandados, la tarea de la

escuela, jugaban al ludo y al chinchón... "Un clavo saca otro clavo", pensaba Ema mientras miraba cómo Marcos ordenaba su costurero, ponía los hilos en fila, acostados uno al lado del otro, combinando los colores o acomodándolos según el tamaño de los carreteles. Ema lo miraba y era feliz. Su marido y Marcos eran lo más importante que le había pasado en su vida.

Y ahora, Marcos tenía catorce años y ella ya no era su niñera, era su amiga. Seguían comiendo juntos, charlando de todo y jugando al chinchón. Él seguía ordenando su costurero y a ella le gustaba mirar cómo lo hacía. Pero había algo más entre los dos: el telescopio, toda una adquisición del señor Ciapparelli, marido de Ema y empleado del Correo.

Muchas veces Ema le había contado a Marcos cómo había llegado el telescopio a su casa. A Marcos le encantaba la historia y no se cansaba de escucharla, porque cada vez que la contaba, Ema añadía algún detalle que en la versión anterior no había incluido.

La historia esencial, la básica, la que siempre coincidía consigo misma aunque le agregara infinitos detalles, era que una tarde, mientras ella estaba cosiendo, escuchó unos golpes extraños en la puerta. Se sorprendió bastante porque, si bien era la hora en que su marido llegaba de trabajo, jamás (y esto lo recalcaba con un énfasis especial), jamás el señor Ciapparelli golpeaba para que le abrieran: él siempre abría la puerta con su propia llave. De ahí la sorpresa de Ema, que lo primero que hizo fue espiar por la mirilla, y ahí sí no tuvo ninguna duda: era el señor Ciapparelli quien estaba del otro lado de la puerta. ¿Por qué no había usado su llave? Ema abrió y ahí estaba la respuesta: su marido tenía las manos y los brazos ocupados con un inmenso paquete; el telescopio, desde luego.

Hasta ahí, la historia básica. Después, según las versiones, aparecía, por ejemplo, el motivo de la compra de semejante artefacto. Había sucedido que un compañero del Correo del buen señor Ciapparelli se hallaba en dificultades económicas, por lo cual había decidido vender unas cuantas pertenencias, entre ellas, el telescopio. Hombre de "exquisitos sentimientos y espíritu solidario", según palabras de la propia Ema, su esposo se decidió por el mencionado artefacto sin dudar ni un instante, después de que su compañero se lo presentara rodeado de una lustraenceradora, una batidora eléctrica y tres sillas estilo Luis XV. Así las cosas, el señor Ciapparelli pagó por el telescopio, lo cargó entre sus brazos, tomó un taxi y al llegar a su casa coincidió con un vecino que salía, de modo que ni pensó en sacar las llaves del bolsillo. Pero al llegar ante la puerta de su departamento, pensó que no valía la pena dejar la preciosa carga en el piso para buscar las llaves, así que con el pie golpeó la puerta para que Ema le abriera (de acuerdo con este relato, Marcos sacó la conclusión de que el timbre del departamento no funcionaba ni siquiera en aquella época, ya que de lo contrario, el señor Ciapparelli se las podría haber ingeniado para tocar con el mentón o con el codo, como hace mucha gente cuando tiene las manos ocupadas). En fin, cada vez que Ema contaba acerca de la llegada del telescopio a su vida, la historia se agrandaba, se enriquecía, se colmaba de detalles nuevos.

Y ahora, sola en su departamento, sentada frente al telescopio, Ema cosía. Marcos y Celeste se habían ido. Carlitos, también; saltando de balcón en balcón había llegado al parque. Ema está sola y piensa. Piensa en Felipe, como viene pensando desde hace varios meses, desde que descubrió que se había vuelto a enamorar. Pero ahora está preocupada. ¿Qué querrá el hombre de negro?

Ésos eran sus pensamientos mientras cosía el botón número dos, de los treinta y siete que debía coserle al vestido que tenía sobre su falda. Y como los botones los cosía a mano, el telescopio le venía bien; lo único que tenía que hacer era subir o bajar la cabeza según desempeñara la función de espía o de costurera. Así, hasta que, después de haber cosido ya el botón número ocho y levantar un poco la cabeza para enfocar adecuadamente con el ojo izquierdo, vio lo que no podía creer que estaba viendo: Felipe caminando hacia el edificio del de negro. Sí. Y ahora, entraba. ¿A qué iría? Imposible saberlo, pero ella no se movería del telescopio hasta verlo salir. Y suponía que tendría que salir rápido, ya que el de negro no estaba. En cuanto Felipe comprobara que en el departamento no había nadie, se iría. No podía ser de otra manera. Sin embargo, los minutos pasaban y Felipe no salía. En eso, Ema advirtió que alguien se acercaba por la esquina... Una silueta oscura, las manos en los bolsillos... Llegó a la puerta y entró. El hombre de negro estaba otra vez en casa.

A Ema se le retorció el estómago. Quiso salir corriendo para ayudar a Felipe, pero pensó que quizá lo único que haría sería empeorar las cosas. Entonces se dijo que su misión era esperar y verlo salir sano y salvo. De lo contrario, si pasaba mucho tiempo y Felipe no salía, entonces ya vería qué hacer...

Y Felipe no salió. El que sí salió fue el de negro. Cruzó la calle y desapareció. Imposible asegurar si entró en alguna casa o siguió caminando por la calle transversal. Ema decidió esperar y mientras tanto cosió tres botones más (mal, porque no despegaba el ojo izquierdo del telescopio). Pasaron unos minutos cuando nuevamente apareció el de negro, esta vez arrastrando un gran canasto de mimbre con tapa, una especie de baúl no muy pesado, ya que lo levantó en el aire para cruzar la calle.

A esta altura, Ema ya ni respiraba, dejó caer el vestido y los botones que tenía en la falda y se aferró al telescopio con las dos manos, decidida a dejar pasar sólo unos minutos, por si Felipe salía, de lo contrario... si no salía... iría a la comisaría a hacer la denuncia. Eso estaba pensando cuando sonó el teléfono. Qué contratiempo. Tendría que levantarse para atender. O dejarlo sonar. ¿Y si era Felipe que la llamaba para pedir auxilio? ¿Por qué no? Él sabía su número. Se levantó de un salto y atendió.

–¡Hola! –gritó.

–Disculpe la molestia, pero... ¿me podría decir qué programa de televisión está miran... –Ema colgó con tanta fuerza que poco faltó para que rompiera el aparato. Evidentemente, no estaba para encuestas.

Una corrida hasta el telescopio, y a vigilar otra vez. La puerta del edificio en la mira. Todo igual, o casi. Algo había ahora que antes no estaba: una camioneta estacionada frente al edificio. ¿Cuánto tiempo había pasado desde que se levantó a atender el teléfono? ¿Un minuto, dos, tres? Ahí estaba la camioneta, como si hubiera brotado del asfalto. El ojo izquierdo de Ema iba de la puerta a la camioneta y de la camioneta a la puerta, hasta que en una de ésas... apareció en escena el de negro arrastrando el canasto, y enseguida, otro hombre que bajaba de la cabina y lo ayudaba a subir el canasto que, dicho sea de paso, parecía que pesaba muchísimo más que antes... ¡parecía que pesaba muchísimo más que antes!

Ema despegó el ojo izquierdo del telescopio, volvió a pisotear el vestido de los botones y corrió hacia la puerta. "Ema", se dijo a sí misma, "ahora te toca a vos. ¡Adelante!"

Una vez en la calle, y después de haber chocado, empujado, golpeado y atropellado a cuanta persona tuviera la osadía de interponerse en su camino, alcanzó a ver la camioneta en el preciso instante en que se ponía en marcha dejando tras de sí una estela de humo negro, capaz de intoxicar a toda una multitud. Pero ella no se achicó, ni por el humo ni por la desaparición de la camioneta. Siguió corriendo y atropellando hasta que llegó a la comisaría del barrio.

10

—Tiene que creerme, oficial, el hombre de negro lo sacó a Felipe en el canasto. Y se lo llevaron en la camioneta.

—¿Llevaron? ¿Quiénes?

—¿No le dije que eran dos? El de negro y el que manejaba la camioneta. ¿Ya se olvidó?

—Yo no me olvido de nada, señora. Simplemente quiero asegurarme de que su historia sea verídica.

—Verídica, veraz y verdadera, señor comisario...

—Gracias por lo de comisario, pero todavía no, quizás algún día... En fin... Por ahora, oficial, simplemente.

—Oficial, simplemente tiene que creerme. Tal vez lo vayan a matar a Felipe. El de negro lo amenazaba...

—Está bien, señora. No se ponga nerviosa. Ahora, dígame: ¿dónde estaba usted cuando sucedió todo eso?

—Señor oficial, ¿cómo no me voy a poner nerviosa si mi amigo está en peligro de muerte y usted no hace nada?

—Por favor, responda a mi pregunta.

—Estaba en mi casa.

—¿Quiere decir que lo vio por la ventana?

—Sí, perfectamente. Con el telescopio.

—¿Telescopio?

—Sí, un regalo de mi marido, que en paz descanse. A él le gustaba hacerme regalos importantes.

—Ah, comprendo, comprendo...

—¿Comprende qué? Usted no comprende nada. ¡Ahí se queda muy tranquilo y Felipe encerrado en un canasto!

—No me levante el tono de voz, señora. Un poco de respeto por la autoridad, por favor...

—¡Ma que respeto ni ocho cuartos...!

—Bueno, señora, suficiente. Hasta aquí llegamos. Voy a hacer un último sacrificio por la patria. ¿Tiene el número de teléfono de la farmacia?

No, no era eso lo que Ema quería. Llamar por teléfono, ¿para qué? Era obvio que Felipe no estaba en la farmacia y que la familia ni siquiera sospechaba lo que estaba ocurriendo. Cuando ella entró a la comisaría pensó que sucederían dos cosas: primero, que tomarían su denuncia por la desaparición de Felipe y segundo, que movilizarían todos los patrulleros disponibles para localizar la camioneta con los delincuentes y con Felipe en el canasto. Pero no, resultó que el "simplemente oficial" consideraba que con una llamada telefónica todo quedaba perfectamente solucionado.

Y efectivamente, así fue, porque al llamar a la farmacia contestó la hija de Felipe, o sea la madre de Celeste, que al escuchar la pregunta del policía (que no dijo que era policía para no asustar a la señora, prefiriendo presentarse como "simplemente un amigo"), respondió que Felipe, su padre, había ido a Adrogué a visitar a su hermano y que volvería al día siguiente.

El buen oficial de policía no necesitó oír nada más. Le creyó absolutamente todo a la correctísima señora con la que había hablado por teléfono, que, después de todo, no tenía por qué mentir ya que era la propia hija del supuestamente secuestrado. Además, confirmó su sospecha de que Ema estaba "simplemente loca".

Que un indiferente y aburrido policía no le creyera, no era motivo para que Ema se diera por vencida. Felipe estaba en peligro y alguien tenía que hacer algo. Y ese alguien era ella. Pero había que pensar todo muy bien. Trazar un plan. Obrar fríamente. Entonces pensó que lo mejor sería investigar en el mismísimo departamento del hombre de negro. ¿Cómo hacerlo? Aquí viene la idea genial. Se le ocurrió pedirle ayuda a la portera, contarle todo para que le abriera la puerta, ya que es muy común que las personas que viven en departamentos entreguen un juego de llaves al portero, por cualquier cosa. Y la mujer, seguramente la ayudaría. En este punto, no tenía dudas: una mujer tiene muchísima más sensibilidad que un hombre (por lo menos, más que un policía).

Todo esto Ema lo iba pensando desde que salió de la comisaría y mientras se dirigía hacia el edificio donde vivía el enigmático y aborrecido hombre de negro. Pero al llegar a la esquina del edificio en cuestión, se le ocurrió una nueva idea que la hizo dirigirse a su propia casa. Así es. Le dejaría un mensaje a Marcos en el contestador del teléfono, por las dudas...

Marquitos, te cuento rápido porque no hay mucho tiempo, querido. Resulta que Felipe fue a la casa del de negro. Yo lo vi entrar, pero, ¡ay!, no lo vi salir. No, corazón, no salió, al menos, caminando. Porque después apareció el de negro, que primero entró, después salió, después entró otra vez con un canasto de ésos que son como un baúl y al fin volvió a salir... arrastrando el canasto. ¡Con Felipe adentro, nene! ¿Vos me podés creer, tesoro? Me fui volando a hacer la denuncia pero no me creyeron. Entonces... escuchame bien, corazón, por favor, escuchame bien. Me voy a investigar al departamento del de negro. Si mañana no estoy en casa... avisá a la policía. Chau, tesorito.

11

—Es cierto, señor comisario, Ema desapareció.

—No soy comisario, nene, soy simplemente oficial.

—Está bien, pero le digo que Ema desapareció –insistió Marcos.

—Además, señor oficial –agregó Celeste–, tenemos pruebas.

—¿Pruebas de qué, nena?

—De la desaparición de mi abuelo y de Ema. La grabación del contestador. Ya le contamos. Eso es una prueba. Ema dice bien claro todo lo que le pasó.

–Eso no es prueba de nada –dijo el policía, mientras se levantaba de la silla y apoyaba las manos en su escritorio, dando a entender que se le habían terminado el tiempo y la paciencia–, o... tal vez sí –prosiguió–, a lo mejor la grabación del contestador es una prueba de que esa señora está simplemente loca. En cuanto a ustedes dos, más vale que eviten su compañía o van a terminar tan locos como ella.

–¿Y ahora qué hacemos? –preguntó Celeste ni bien salieron de la comisaría.

–Mis viejos se fueron al club –contestó Marcos–, hasta la noche no vuelven. Va a ser mejor que hablemos con los tuyos.

–¡Ja! Nada menos. Hasta las cinco no creo que vuelvan. Se fueron a Ezeiza con Julián, a la casa de unos tíos de mi papá, a comer un asado. Me querían llevar a toda costa. Pero a mí no me enganchan. Después me tienen de niñera todo el día... ¡Ja! Me van a agarrar con un poco de suerte...

–A mí también me querían llevar –siguió Marcos–, pero en el club me aburro. Son todos viejos... ¿Y en la farmacia quién está? –preguntó de repente.

–Mi prima Eliana. Viene los sábados y algún día más cuando la necesitan.

–¿Y nos podrá dar una mano?

–Ni pienses. Está en sus cosas y no le importa nada de nada. Mi viejo dice que es una individualista. Tiene razón.

–Entonces tenemos que hacer algo nosotros. No hay otra –concluyó Marcos.

–Seguro, no hay otra.

La determinación de actuar ya estaba tomada. Ahora había que trazar un plan. Y, ¿qué mejor lugar para pensar que el parque? Y también para comer algo, panchos por ejemplo, porque con el asunto del mensaje de Ema en el contestador, Marcos se había olvidado de desayunar. Y Celeste también, ya que cuando él la llamó, ella ni siquiera se había levantado. Resumiendo, los dos estaban en ayunas.

–Me parece que lo único que podemos hacer es espiar al de negro y seguirlo –sugirió Celeste, mientras terminaba su pancho.

–Hay dos posibilidades –siguió Marcos, aceptando la idea de Celeste y procurando enriquecerla con su especial toque personal–, una, que el de negro no esté en su casa. Si es así, tendremos que esperar a que llegue, entre y vuelva a salir. Recién entonces podríamos seguirlo. La otra posibilidad –continuó, cada vez más seguro en su papel de persona netamente racional– es que el hombre esté en su casa en este preciso instante, entonces también tendríamos que esperar a que salga para seguirlo. En consecuencia... –y remarcó la frase porque la consideraba una de las más importantes de su repertorio–... en consecuencia –repitió–, no podemos hacer otra cosa más que esperar.

Hacer guardia frente a la casa de alguien no es tan fácil como parece; resulta de lo más aburrido y a la vez cansador. Uno no sabe nada. En este caso concreto, los chicos no sabían si el de negro estaba o no; además no era seguro, en caso de estar, que se le ocurriera salir. Podía pasar horas enteras sin asomar la nariz a la calle. ¿Cómo saberlo?

Después de estar parados frente al edificio durante veinte minutos, decidieron optar por el telescopio. Era mucho más cómodo, más entretenido y menos sospechoso que estar ahí parados como dos postes. Entrar al departamento de Ema no resultaría difícil: habría que recurrir a la llave que guardaban sus padres y que Ema les había entregado hacía tiempo por las dudas, por si pasaba algo grave, como por ejemplo que se incendiara el departamento y ella se quedara encerrada; en ese caso había que rescatarla, sin olvidarse de Carlitos y el telescopio (Ema se lo había explicado bien a la madre de Marcos) o, en el caso de que algún asesino entrara y la acuchillara, entonces, por favor, que se llevaran a Carlitos y el telescopio, y que a ella la enterraran junto a su marido. En fin, y algunas consideraciones más por el estilo. Y si bien éste no era (afortunadamente) ninguno de esos casos, bien se justificaba el uso de la llave.

–Enfocá así, ¿ves? Se ve clarito. Ahí está la puerta... y ahí, las ventanas. La que tiene la persiana un poco levantada es la del tipo de negro. Fijate.

Celeste miró, paseando la lente de la ventana abierta a la puerta del edificio.

–Perfecto –dijo–. Veo todo.

–Muy bien, vos seguí vigilando que yo voy a la cocina a ver qué encuentro para comer.

Celeste siguió mirando. Estaba fascinada. Se sentía dueña, si no del mundo, por lo menos de la cuadra y un poco más. Veía todo. Allá iba Inés, su amiga del alma, cruzando la calle. Inés entrando a la heladería. "¿A la heladería? ¿Y la dieta que empezó el lunes? Qué poca constancia, amiga mía", pensó Celeste. Y para su sorpresa, alguien más apareció en su campo de visión: Guillermo, el hermoso, el bellísimo Guillermo caminando por la vereda de enfrente. Tan canchero, con el pelo rubio y enrulado rozándole los hombros, la gorra puesta al revés, los pantalones rotos. Guillermo caminando hacia la heladería. Entrando en la heladería. Acercándose a Inés que lo recibe con una sonrisa inmensa. Guillermo besando a Inés en la boca... ¿En la boca de Inés? ¡¿Un beso en la boca?! ¡¡Inés y Guillermo besándose en la boca?! "Traidora", murmuró Celeste entre dientes. "Mi mejor amiga con el chico que me gusta a mí... Y ella lo sabe..."

–¿Viste algo interesante? –preguntó Marcos, que apareció con una lata de galletitas–. Tomá, comé –dijo alcanzándole la lata–. Son de chocolate. Hagamos de cuenta que es el postre. Otro día te invito un hela... un helado –dijo, y ya estaba mirando por el telescopio–. ¿Se puede saber qué mirabas? El telescopio apunta a la heladería.

–Ya sabés qué miraba... –respondió Celeste, con bronca y con vergüenza.

–Inés y...

–Guillermo. Podés decirlo. Mi mejor amiga y...

–...y el chico que siempre te gustó y nunca te dio bola.

–Y a vos qué te importa.

–Perdoname, pero nunca entendí por qué todas las chicas se enamoraban de él. Desde primer grado. Y siguen. Es de no creer...

–Algo tendrá, ¿no te parece? –contestó Celeste, más dolida por haber quedado al descubierto ante Marcos, que por la traición de su amiga y la indiferencia de Guillermo.

–Y, sí... –continuó él, que siempre le había envidiado a Guillermo su facilidad para las conquistas amorosas–... un tipo puede ser un tarado, pero si es simpático y tiene linda cara, ya está, las mujeres se vuelven locas.

–¿Quién te dijo que es un tarado? –atacó Celeste entre ofendida y curiosa.

–No hace falta que alguien me lo venga a decir –se defendió él–. Lo conozco de sobra...

¿Y eso?... –preguntó de golpe, mientras enfocaba correctamente el telescopio–. Estacionaron una camioneta frente a la puerta.

La camioneta estaba justo delante del edificio del de negro. En la parte trasera se veía un gran canasto. Un hombre bajó de la cabina y entró al edificio. El hombre, desde luego, vestía de negro.

Sin pensarlo demasiado, los chicos dejaron el telescopio y salieron. Corriendo, llegaron a la esquina donde estaba la camioneta.

–Subamos hasta el departamento y lo espiamos –sugirió Celeste.

–¿Para qué? Mejor esperamos a que baje y lo seguimos.

–Sí, claro. Él en camioneta y nosotros a pie –se burló Celeste.

–De ningún modo –exclamó Marcos–. Él en camioneta y nosotros también.

Y sin decir más, trepó de un salto a la camioneta y le dio la mano a Celeste para que hiciera lo mismo. Después la invitó a esconderse junto con él debajo de una gruesa lona que, vaya a saberse con qué propósito, alguien había dejado allí.

No había dudas: se habían embarcado en una aventura al mejor estilo "Indiana Jones". Por supuesto que tenían miedo, pero estaban decididos a afrontarlo (o más o menos). Parece que en algún momento uno de los dos tuvo la intención de bajarse y salir corriendo, pero el otro lo detuvo. Además ya era tarde.

Desde su escondite los chicos oyeron voces. (¿Voces? ¿Con quién hablaba el de negro?) Y enseguida el ruido de las puertas de la camioneta al abrirse y cerrarse. Dos puertas; dos hombres. El de negro y otro. Imposible volverse atrás. Ya era tarde para arrepentimientos. La camioneta acababa de ponerse en marcha.

12

Cuando Felipe abrió los ojos, inmediatamente se dio cuenta de tres cosas: una, que estaba acostado en una cama, boca arriba; dos, que estaba atado de pies y manos; tres, que le dolía todo, especialmente la cabeza, el cuello y la espalda. Y enseguida, una duda: "¿estaré soñando?"

El farmacéutico cerró los ojos, los apretó bien y los abrió de golpe: no, no era un sueño. Estaba en una habitación desconocida. ¿Qué hacía él ahí, atado...? Entonces, notó algo: no estaba amordazado. "Raro, ¿no?", pensó, "cada vez que en una película alguien aparece atado en una cama, nunca le falta la correspondiente mordaza". O sea que podía gritar...

–¡Socorrooo...! –intentó una vez–. ¡Socorrooo...! –segunda vez–. ¡Socorrooo...! –tercera. Después esperó. Siempre hay que dar tiempo para que alguien responda.

Felipe aguzó el oído y advirtió un ruido muy particular que antes no había notado. Es curioso, pero cuando uno pone toda su atención casi exclusivamente en los ojos, le resta importancia a lo demás. Pero ahora, él estaba concentrado en sus oídos. Esperaba una respuesta a sus gritos, entonces tenía orejas atentas.

El ruidito era suave, como un murmullo, pero no de voces... de... ¡de agua! Un murmullo de agua rozando una superficie, como en la orilla del río, como cuando era chico y se bañaba en la costa de Quilmes y se tiraba panza abajo en la playa de arena dura y barrosa y escuchaba el sonido del río y diferenciaba rumores, murmullos, ruidos, todos provenientes del agua, pero distintos. Y había uno que era como el que ahora estaba escuchando; lo recordaba perfectamente. Había una casa de madera junto al río. Una casa alta, construida sobre pilotes, y el agua, al golpear contra esas patas de madera hundidas en la arena, hacía un ruido muy particular, como el que escuchaba ahora ...

"Si pudiera bajar de la cama...", pensó. ¿Y por qué no iba a poder? Un viejo achacoso no era. Lo intentó. Se movió para un lado, para otro. Evidentemente, moviéndose para los costados no iba a conseguir nada. La única forma de lograrlo sería haciendo fuerza con la panza y sentándose con un envión. Difícil, pero no imposible: él estaba acostumbrado a hacer unos cuantos abdominales diarios, ni bien se levantaba de dormir. Así que, después de algunos intentos bastante dolorosos (hay que tener en cuenta que las manos las tenía atadas detrás de la espalda), logró sentarse en la cama. Un éxito. Ahora había que bajar, pero eso no era ningún problema. Lo único que tuvo que hacer fue girar hacia el borde de la cama y apoyar los pies en el piso. Enseguida se incorporó y quedó parado... durante dos segundos, nada más, porque a continuación se desplomó sobre la cama, primero sentado y después acostado. ¿Qué había pasado? Algo muy sencillo: se levantó muy rápido y se mareó. Tendría que haber hecho todo despacito (él lo sabía perfectamente, era farmacéutico). En fin, había que intentarlo otra vez, pero ahora con calma, mucha calma.

Y así fue. Logró pararse. Despacio, para no marearse, bajó la cabeza y se miró los pies: los tobillos estaban fuertemente atados con una soga delgada. Miró el piso por primera vez. Era de madera, tablones anchos, toscos, gastados, con pequeñas aberturas entre tablón y tablón. El murmullo del agua parecía venir de abajo. Ahora, concentró toda su atención en la vista. Sus ojos precisaban anteojos solamente para leer. A cierta distancia, no tenía problemas, veía perfectamente. Felipe fijó la vista en las aberturas que había entre los tablones y vio agua. No necesitó ver nada más. Cerró los ojos e imaginó las diminutas olas lamiendo las patas de madera de la casa en la cual estaba la habitación donde lo habían encerrado.

"Una casa sobre el agua", pensó el farmacéutico, "pero, ¿dónde?". A saltos, como pudo, llegó hasta una ventana con celosía de madera. Por entre las hendijas de la celosía se filtraba el sol. La habitación estaba iluminada con esa única luz. Parecía mediodía.

Felipe espió por las hendijas, y como era de esperar, vio agua. Agua de río, y a lo lejos, una mancha verde de vegetación. Nada más si no se cuentan el cielo y el sol. Un cielo bien celeste y un sol bien alto. Seguro, era mediodía.

Con la vista clavada en el río, Felipe empezó a recordar. Viernes. Había sido el viernes, después de almorzar, cuando Olivari entró a la farmacia y lo amenazó con tomar venganza en su familia si no le daba los psicofármacos que necesitaba. Él le había dicho que los tenía que pedir al laboratorio y que pasara a buscarlos a última hora. Después Olivari se había ido y él se había quedado solo, con toda la bronca encima. Entonces se le ocurrió el plan: tendría que ir al departamento de Olivari y conseguir que la portera le abriera la puerta. Ella era su cómplice. El mismo Olivari se lo había contado al principio, cuando trataba de convencerlo para que entrara en el negocio: "Agarrá, viejo, agarrá. Mirá la portera de mi edificio, aprendé, se lleva unos buenos mangos todos los meses, nada más que por vigilarme un poco la merca, ¿qué te parece, pichón?". Entonces, si ella sabía, lo único que él tenía que hacer era cerciorarse de que Olivari no estuviese en el departamento, después buscar a la portera y decirle que él estaba al tanto de todo, que era uno de ellos y que le abriera la puerta así dejaba los medicamentos que Olivari le había encargado y de paso revisaba a los "huéspedes". Una vez adentro, buscaría los papeles. En un descuido, Olivari le había dicho que tenía "recetas a montones". Debía encontrar esas recetas. Recetas falsas, formularios, en fin, cualquier cosa que sirviera de prueba para meterlo preso.

Concebido el plan en estos términos, Felipe, que aún seguía en la farmacia, le había dicho a su hija que iría a Adrogué a visitar a su hermano. Lo que sigue responde punto por punto a lo que había planeado. Todo parecía perfecto. La portera le abrió sin dudar, es más, hasta le sonrió con complicidad y lo dejó solo. Él se puso a revisar cajones y armarios hasta que apareció el mono queriendo jugar. Como para juegos estaba él. Siguió buscando y trató de olvidar al mono. De ahí en más, todo es confuso. Cree recordar un ruido, una puerta abriéndose, una risita, nada más. Seguramente lo habrían golpeado (todavía le dolía la cabeza). Después de eso, abrió los ojos y ya estaba en esa habitación.

Ahora no sólo escuchaba el río, sino que también lo olía. Ese inconfundible olor a río que él conoció tan bien de niño y que le había quedado escondido en algún lugar de su memoria, ahora estaba otra vez ante su nariz. ¿Pero qué río sería ése? Si hubiera otra ventana en la pared opuesta, se enteraría de algunas cosas más. Necesitaba otro ángulo de visión. Entonces, escudriñando los rincones advirtió que a su derecha se filtraba un hilo de luz por una abertura que tapaba a medias un ropero. Hacia allí fue, dando saltos cortitos y tambaleantes; apoyó la espalda contra el costado del ropero y empujó con todas sus fuerzas (felizmente el ropero estaba vacío). Media ventana sin celosía quedó al descubierto. Y, tal como había pensado, ese nuevo ángulo de visión ponía ante sus ojos un paisaje diferente, mejor dicho, un paisaje que completaba y daba sentido a lo que había visto antes. Ahora veía menos agua y más vegetación, y también un pequeño y viejo muelle de madera, una franja de tierra y... ¡hortensias! Bellísimas hortensias azules, rosadas, lilas, cientos de hortensias como las que él siempre había querido tener en la terraza de su casa y nunca consiguió por exceso de sol o de frío, de viento, de lluvia o vaya a saber por qué...

Y ahora, al verlas ahí, todas juntas, sintió una gran emoción y se prometió que si llegaba a salir del lío en el que estaba metido, no descansaría hasta lograr que las hortensias se aclimataran a su terraza.

13

Cuando Ema abrió los ojos, miró el techo y enseguida se dio cuenta de que no era el de su habitación. Ahí nomás sospechó algo raro y quiso gritar a todo pulmón, pero no pudo: tenía una mordaza. Estaba atada de pies y manos y acostada en una cama.

¿Cómo pudo pasar? Su plan para atrapar al de negro era prácticamente perfecto. Estaba segura. ¿Cuál habría sido el error? ¿Y la portera? Pobre mujer, con lo bien que se había portado con ella. ¿La habrían matado? Allí no estaba; Ema miró a un lado y a otro y comprobó que estaba sola. Entonces se le

ocurrió la posibilidad de que la mujer hubiera escapado y dado parte a la policía. Si no...

Ema se puso a repasar mentalmente su fracasado plan. Una vez que le dejó el mensaje a Marcos en el contestador, buscó el tubo de gas paralizante que su hermana le había regalado la última Navidad para que pudiera defenderse en la calle del ataque de los malvivientes (un día le habían arrebatado el monedero con el vuelto de la panadería), pero que ella se negaba a llevar en su cartera por considerarlo innecesario. En cambio, su hermana jamás salía sin su gas paralizante. Hombre que se le paraba al lado para preguntarle la hora, caía redondo al piso sin saber cómo ni por qué. Ema jamás había dormido a nadie, pero pensó que esta vez el gas podría serle útil. Su plan consistía en meterse en el departamento del de negro con ayuda de la portera. La mujer tendría que estar de su lado, primero para abrirle la puerta, y segundo para ocuparse del mono mientras ella esperaba al de negro, lista para lanzarle el gas. Una vez dormido el hombre, la portera se encargaría de llamar a la policía mientras ella lo vigilaba sin sacarle un solo ojo de encima, y siempre apuntando con el gas, por las dudas. Todo pintaba fácil, bastante fácil, y sin embargo, a mitad de camino algo había fallado... ¿Pero qué? No le había costado ningún trabajo convencer a la portera. Sólo tuvo que explicarle que en el edificio vivía un delincuente que había secuestrado al farmacéutico de la esquina y se lo había llevado oculto en un canasto, no sabía si vivo o muerto, y que por favor la ayudara, que juntas podrían salvar a Felipe y mandar al malhechor a la cárcel. La portera estuvo de acuerdo y prometió ayudar; le pidió a Ema que esperara un momentito, que tenía que hacer algo y enseguida la acompañaría. La mujer entró en la portería y reapareció cinco minutos después; juntas, subieron al departamento del hombre de negro.

A partir de allí recuerda pocas cosas. Por ejemplo, que la portera la invitó con un café. Ella prefería no tomar nada, lo único que quería era quedarse parada al lado de la puerta, con el gas en la mano. Pero la portera le dijo que no era necesario, que cuando el de negro llegara oirían la puerta del ascensor y habría tiempo de prepararse. Así que tomaron el café y todavía quedaron unos cuantos minutos para que la mujer le diera algo de comer al mono que estaba muy inquieto y resultó que el pobrecito tenía hambre.

Después, sus recuerdos se desdibujaban. Creía recordar la voz de un hombre y una frase a la que no lograba darle sentido: ... *hortensias... cuidado con los toros en las hortensias.* ¿Qué querría decir todo eso? ¿Y lo habría dicho el de negro, tal como ella suponía? Ema hizo un esfuerzo y recordó algo más: alguien había gritado *socorro*; aunque esto no se mezclaba con la frase de las hortensias. No sabía por qué, pero esta palabra le llegaba separada de las otras, como si perteneciera a otro tiempo... o a un sueño... ¿No estaría soñando? Esa habitación, por ejemplo, ¿no parecía el escenario de un sueño? Una cama y una silla, ningún mueble más; paredes de madera, una ventana con celosía y, como remate, ella atada de pies y manos y amordazada. Sí, un sueño o una película de terror. Si por lo menos pudiera levantarse y espiar por las hendijas de la celosía...

14

Cuando la camioneta se detuvo, los dos hombres bajaron, fueron a la parte de atrás y sacaron un gran canasto que cargaron entre los dos. Marcos y Celeste espiaron por debajo de la lona y cuando vieron que los hombres se alejaban, saltaron de la camioneta.

–¿Dónde estamos? –preguntó Celeste.

–En el Tigre. Lo conozco bastante. Fijate en el río y las lanchas.

–Sí, ya veo... –respondió Celeste mirando hacia el río.

–Me gustaría saber para qué quieren esos canastos vacíos. ¿Estás segura de que adentro del canasto había más canastos?

—Eso es lo que vi cuando espié. Levanté la tapa y me encontré con un montón de canastos, uno adentro del otro. Es todo lo que pude ver.

—Bueno, vamos, hay que seguirlos —dijo Marcos—. Mirá, suben a la lancha.

Junto a la lancha, un hombre de boina vendía boletos. Los chicos se acercaron y pidieron dos.

—¿Hasta dónde van? —preguntó el hombre.

—Estamos paseando —contestó Marcos.

—¿Quieren ir hasta el final? —preguntó otra vez el hombre.

—Mmm, podría ser... —respondió Marcos, tratando de adivinar qué demonios sería eso del "final".

—Bueno, bueno, está bien —dijo el hombre, sonriendo por primera vez—. Les doy un boleto intermedio y se bajan donde quieran. ¿Qué les parece?

Los chicos se sintieron aliviados. Si el hombre hubiera seguido preguntando, no tenían la menor idea de lo que le podrían haber respondido. Tampoco tenían idea del precio de los boletos, que por suerte resultó barato (al menos lo suficiente como para que les alcanzara la plata que llevaban).

En la lancha no eran muchos: el de negro (Marcos notó que había cambiado la camisa por una remera, también negra); el otro hombre, todo vestido de azul (¿tendría algún significado especial eso de vestirse de un solo color?); una señora, con un pañuelo en la cabeza y una canasta apoyada en la falda; un anciano con una boina igualita a la del vendedor de boletos y un bastón de caña más parecido a una caña de pescar que a un bastón, y por último, una chica con guardapolvo rosa y mochila negra.

Marcos y Celeste se acomodaron en un extremo de la lancha, de manera tal de poder observar a los dos hombres sin que ellos pudieran notarlo. Eso sí, escuchar no se escuchaba nada, porque ni bien la lancha se puso en movimiento, lo único que se oía era el ruido del motor.

–¿Qué se supone que vamos a hacer? –preguntó Celeste, bajito, mientras se inclinaba hacia la borda y hundía la mano en el agua.

–Lo que hicimos hasta ahora –respondió Marcos, muy seguro, sin sacarles los ojos de encima al de negro y al de azul–, seguir a esos dos, nada más.

Celeste también observaba disimuladamente a los dos hombres; sin embargo, algo en la chica del guardapolvo le llamó la atención. La chica tenía la mochila en la falda, acababa de sacar un paquete de galletitas, y cuando quiso cerrarla, se le rompió el cierre. Al parecer, esto le disgustó mucho porque se puso nerviosa y empezó a tironear del cierre, tratando de cerrarlo. Pero no hubo caso, no lo consiguió. Entonces, como al parecer la mochila estaba bastante llena, la abrazó contra el pecho tratando de que no se cayera nada, mientras miraba a los pasajeros medio de reojo ("¿qué llevará ahí adentro?", se preguntó Celeste).

Después de quince o veinte minutos de viaje, la lancha empezó a aminorar la velocidad a medida que se iba acercando a un pequeño muelle de madera. Allí bajaron la mujer del pañuelo en la cabeza y el hombre de la boina y el bastón de caña. Los dos hombres y la chica ni se movieron. Marcos y Celeste, tampoco. El viaje continuaba. Pasados otros quince minutos más, Marcos le susurró a su amiga:

—Ya falta poco.

—¿Cómo sabés?

—Fijate, se están preparando.

El de azul había sacado un peine del bolsillo del pantalón, y después de mojarse el pelo con el agua del río, se peinó minuciosamente. El de negro, en cambio, miraba el reloj con tanta atención que parecía que trataba de averiguar algo más que la hora.

La lancha se fue acercando a otro muelle de madera, prácticamente igual al anterior, y los dos hombres bajaron rápidamente, llevando cada uno de una manija el gran canasto de mimbre. Siguiendo a los dos hombres bajó la chica del guardapolvo rosa, abrazando su mochila negra, como temerosa de perder algo. Y por último, Marcos y Celeste, tomados de la mano y cerrando la comitiva.

15

No le resultó nada fácil. Es más, le resultó terriblemente difícil, pero lo consiguió. Ema se bajó de la cama. ¿Cómo lo hizo? Ni ella misma lo sabe. ¿Cuánto tardó? Ni idea. Pero lo hizo, llegó hasta la celosía y miró a través de las hendijas. Vio un paisaje agradable: un río, un cielo azul sin nubes, un pequeño muelle de madera, una franja de tierra y muchas plantas, y entre esas plantas, montones, montones de hortensias. Hortensias azules, rosadas, celestes, lilas... ¡Hortensias! *Cuidado con los toros en las hortensias.* Tal vez la extraña frase que escuchó en el departamento del de negro ahora comenzaba a tener sentido. *Los toros en las hortensias...* "Las hortensias están ahí... ¿y los toros...?", se preguntó Ema.

16

El sol se estaba poniendo. A lo lejos, una franja roja cruzaba el cielo. Lindo. El contraste entre ese rojo y el verde de las plantas era digno de verse. Angélica Benítez amaba la naturaleza y también amaba su profesión, y como era periodista, trataba de investigar todos los casos que tuvieran que ver con la ecología. Y este caso prometía. Hacía tiempo que estaba al tanto de la existencia de una importante banda de traficantes de animales, pero le faltaban datos para completar la información, nombres para rastrear, pistas, y ahora tenía todo, es decir, tenía todas las piezas del rompecabezas, sólo faltaba armarlo. Una pieza: los animales. Monos, jaguares, tortugas, guacamayos, tucanes y tantos más que los traficantes sacaban de su hábitat natural para venderlos en distintos puntos del país o del exterior. Otra pieza: nombres. Hubo varios, pero uno solo se pudo rastrear: Olivari. Hombre de unos treinta y cinco a cuarenta años, alto, delgado, vive en el barrio de San Telmo. La policía lo tiene prontuariado como falsificador. Una pieza más: centro de operaciones. Zona del delta del Paraná, por donde sacan a los animales que secuestran en la selva misionera para después enviarlos a otros lugares. Y la última pieza del rompecabezas: *modus operandi*. Los traficantes dopan a los animales. Los duermen con psicofármacos y de esa manera los trasladan de un lugar a otro. Esta pieza es importante porque encaja con la otra: Olivari, falsificador, dedicado, últimamente, a falsificar recetas médicas.

Con todas estas piezas en la mano, ahí estaba Angélica Benítez, tratando de conseguir pruebas para terminar con esa banda de depredadores. ¿Y qué mejor que seguirlos hasta su centro de operaciones, filmar todo con su cámara de video y después llevarlo a la televisión? Los informes que tenía eran seguros. Sabía, por gente del lugar, que en una isla del Tigre escondían a los animales recién llegados de la selva para luego trasladarlos. Lo que más le había costado a Angélica había sido ubicar a Olivari. Pero una vez que supo que se domiciliaba en San Telmo, empezó a recorrer el barrio y cierto día oyó el comentario casual de un vecino acerca de un hombre algo extraño, vestido de negro, que paseaba de noche por el parque Lezama, llevando un mono. Lo que le hizo sospechar que podría tratarse de Olivari fue lo de "vestido de negro", ya que en el prontuario de la policía figuraba esta extraña manía del hombre de vestir siempre de oscuro (en el prontuario decía "oscuro", pero en realidad tendría que haber dicho "negro").

Angélica pudo localizarlo y luego seguirlo. Y ahí estaba ella, en una isla del Tigre, tras los pasos de Olivari y su cómplice que se internaban en la isla, llevando un gran canasto de mimbre.

Aunque no era la única que se movía por allí; también había dos chicos que caminaban tomados de la mano. ¿Qué querrían esos chicos? No tenía tiempo de ponerse a investigar, además ahora su preocupación se centraba en su cámara de video, que corría el riesgo de quedar expuesta a la mirada de algún curioso, debido a que se había roto el maldito cierre de su mochila.

17

¿Qué podía hacer Ema sin hablar? Justo ella con una mordaza. Antes que nada, tenía que tratar de desatarse. Miró a un lado y a otro y buscó auxilio en la silla. A los saltitos llegó hasta ella. La estudió bien: estaba rota y tenía varios clavos al aire; se sentó en el borde y empezó a raspar la soga de las manos contra uno de los clavos. "Si me llego a clavar uno de estos clavos oxidados, me muero", pensó y siguió raspando. "Si me caigo de la silla, me rompo la cadera", pensó y siguió raspando. Y a medida que insistía con los pensamientos trágicos, también insistía con el clavo; así hasta que empezó a sentir que la soga se aflojaba, entonces abandonó los pensamientos y el clavo, dio un fuerte tirón con los puños y... volvió a insistir hasta que al final lo logró: Ema se desató.

Lo que sigue es fácil de imaginar: se sacó la mordaza (estuvo a punto de gritar, de alegría nomás, pero se contuvo, no fuera cosa de alertar a sus captores) y después se desató los tobillos. Se puso de pie, caminó por toda la habitación para desentumecerse y voló hasta la puerta que estaba junto a la ventana; como era de esperar, estaba cerrada. Fue (por ir, nomás, porque sabía que el resultado sería el mismo), hasta la otra puerta que estaba en la pared lateral a la de la ventana y la encontró cerrada. Evidentemente, la primera puerta daba al exterior, igual que la ventana, mientras que la segunda podría comunicar con otra habitación. Ema espió por el ojo de la cerradura de la segunda puerta, como si estuviera delante del telescopio; pero no vio nada. Tal vez estaba tapada con algún mueble. "Muy bien", se dijo Ema, "si no podemos ver, oiremos"; y apoyando la oreja derecha contra la puerta, aguzó el oído todo lo que pudo y escuchó. Escuchó roncar. Sí, alguien roncaba en la habitación contigua.

18

Después de haber intentado varias veces desatarse, y sin ningún éxito (Felipe no encontró ningún clavo oxidado ni cosa que se le parezca), el farmacéutico se había dedicado a mirar las hortensias por la ventana y a imaginar las que él plantaría en la terraza de su casa. Estuvo un buen rato así, hasta que se cansó (en realidad, le dolían todos los huesos). Entonces, siempre saltando, llegó hasta la cama y se acostó mirando el techo. Lógico, se durmió.

19

—¿Te diste cuenta? La chica también está siguiendo a los dos hombres.

—¿Cómo sabés? —preguntó Celeste—. Puede ser simple casualidad que vaya en la misma dirección.

—No, si te fijás bien, vas a ver que por momentos parece que se escondiera, como si tuviera miedo de que los hombres se den vuelta y la vean.

—¡Igual que nosotros! ¿Quién será? ¿Le hablamos? A lo mejor nos puede ayudar. ¡Dale, vamos! —se impacientó Celeste.

—Mejor esperamos un poco. Vamos a ver qué hace.

Los dos hombres caminaban adelante, siempre llevando el canasto. Unos metros más atrás, la chica del guardapolvo rosa abrazando su mochila. Y unos metros más atrás de la chica, Marcos y Celeste. El sendero por el cual marchaban parecía ser un camino general, de esos que en distintos lugares se ramifican en caminos más angostos, que conducen a viviendas particulares. De modo que nadie podía extrañarse al ver caminar a varias personas, desconocidas unas de otras, por un mismo sendero. Eso sí, al llegar a una de esas ramificaciones, o caminos particulares, llamaría muchísimo la atención que todos siguieran en la misma dirección. Por eso, cuando el de negro y el de azul llegaron a un lugar donde el camino se dividía en dos y tomaron por la parte más angosta, alejándose del tramo principal, la chica del guardapolvo siguió de largo unos metros más; luego se detuvo, dejó la mochila en el suelo y fingió que se ataba el cordón de una zapatilla. Los chicos, que observaron todo detenidamente, hicieron lo mismo: siguieron caminando hasta pasar unos metros por delante de ella, después Marcos se agachó, se desató el cordón de una zapatilla y lo volvió a atar. Mientras tanto, vieron que la chica recogía la mochila y retrocedía para seguir a los dos hombres. Los chicos fueron tras ella.

Y de este modo, todo siguió tal como había empezado: el de negro y el de azul, adelante,

con el canasto; más atrás y ocultándose entre las plantas, que cada vez eran más abun-
dantes al costado del camino, la chica de
rosa abrazando la mochila y, finalmente,
Marcos y Celeste siguiendo a la chica que
seguía a los hombres.

20

"Si alguien ronca, es porque está durmiendo", razonó Ema con esa lógica que siempre divertía a Marcos. Y siguió, "pero si duerme, es raro que se trate de mi carcelero. Un guardián tiene que estar despierto y vigilar a su prisionero". Una vez que llegó a esta conclusión, y sin considerar ninguna posibilidad más (por ejemplo, que un carcelero estuviera durmiendo y un segundo carcelero estuviera despierto detrás de la otra puerta, etc., etc.) dedujo que la emisora de los ronquidos era, sin lugar a dudas, la portera del edificio del hombre de negro, que había sido raptada junto con ella y que habían encerrado en la otra habitación. Después de haber hecho semejante deducción, el siguiente paso era comunicarse con la portera; por lo tanto, apoyando la boca contra el ojo de la cerradura, gritó con todas sus fuerzas:

—¡Ánimo, señora! ¡No está muerto quien pelea! ¡Levántese! ¡Es hora de enfrentar al enemigo! ¡Arriba! ¡Somos dos para luchar! ¡Señoraaaaaa...!

21

Entre sueños, Felipe creyó oír la voz chillona de Ema. Más dormido que despierto, pensó que ella lo llamaba. La vio correr por la vereda de la farmacia, agitando un paquete de aspirinas y gritando como loca: "¡Somos dos para luchar! ¡Señoraaaaa!". Felipe abrió los ojos. ¿Señora? ¿Qué señora?

—Vamos, mujer, despiértese —seguía Ema del otro lado.

¿Todavía estaba soñando? Era la voz de Ema y él seguía ahí, en la misma habitación, en la misma cama. ¿Y a qué mujer le hablaba?

—¡Arriba de una vez! —insistió Ema, con un tono realmente autoritario—. Mire que estamos presas las dos y vamos a tener que escapar de acá como sea. Yo ya me desaté y me saqué la mordaza. Ahora le toca a usted. Vamos, señora, despiértese y déme una señal. Golpee con los pies, con la cabeza, qué sé yo... Haga lo que pueda, pero haga algo –siguió Ema, ahora adoptando un tono maternal, pensando que la mujer tal vez podía asustarse con sus gritos–. Usted roncaba como si no tuviera nada en la boca... y si no está amordazada, ¿por qué no me habla? Por lo menos dígame cómo se llama...

Y aprovechando que Ema hacía una pausa en su discurso, Felipe contestó:

–Me llamo Felipe...

22

El camino, realmente muy estrecho a causa de la vegetación, desembocaba en un gran claro donde se destacaba un galpón de chapas de cinc. Estaba oscureciendo. Celeste pensaba en sus padres, en el susto de sus padres cuando descubrieran su ausencia. Sintió pena. ¿Qué harían al ver que pasaban las horas de la noche y ella no aparecía? Tuvo ganas de salir corriendo y volver a su casa para evitarles ese disgusto. Pero no, no podía. ¿Qué pasaría, si no, con su abuelo? ¿Y con Ema? No, nada de sentimentalismos. Además, no podía dejar solo a Marcos. Había que seguir con la investigación. No quedaba otra.

A esta hora sus padres ya estarían volviendo del club. Seguramente, al no verlo irían a buscarlo a lo de Ema. Y seguramente, al no encontrar a Ema pensarían que los dos se habían ido a comer afuera y se quedarían tranquilos. Siempre tan prácticos sus padres. Pero, ¿cuánto les duraría esa tranquilidad? ¿Y cuando se hiciera más tarde y vieran que su hijo no regresaba? ¿Qué harían? ¿Llamarían a la policía?

El de azul y el de negro entraron al galpón con el canasto y minutos más tarde salieron con las manos vacías. Siguieron caminando, bordeando el galpón y desaparecieron. El silencio era casi total. Se oía a lo lejos el rumor del río y el canto solitario de uno que otro pájaro. La chica del guardapolvo había dejado la mochila en el suelo y sacaba de su interior una cámara de video. Marcos y Celeste, escondidos entre las plantas, observaban. La chica filmó el galpón. Después, siempre cargando la cámara, se fue acercando cada vez más al galpón. Finalmente, entró.

—¿Entramos nosotros también? —preguntó Celeste.

—No, no, mejor esperamos. No sea que venga alguien.

—Escuchá... Un silbido...

—Cierto... Y viene del camino... ¡Alguien se acerca!

–Yo le aviso a la chica –susurró Celeste y salió disparada hacia el galpón, sin darle tiempo a Marcos de agarrarla de un brazo, o mejor aún, de los pelos, para que aprendiera a no exponerse al peligro de una manera tan tonta. Pero no, no dio tiempo a nada. El silbido se oía cada vez más cerca. Marcos no dudó: de un salto se incorporó y salió volando hacia el galpón.

23

—No puedo creer, Felipe, que seas vos. Y estás bien. Pensé que te habían matado. Vi cuando te sacaban en el canasto y lo subían a la camioneta.

–Contame esa parte, que no la conozco. Todo lo que sé es que me tienen que haber golpeado o me durmieron con algo... ¿Y vos cómo estás tan segura de que me sacaron en un canasto?

Ema le contó con lujo de detalles, claro que sin mencionar todo lo referente al motivo inicial de la investigación, es decir su interés personal por el farmacéutico en cuestión. En realidad, empezó a contar a partir del momento en que Marcos, "por simple y pura casualidad" había presenciado las amenazas del hombre de negro en la farmacia. De ahí en más, contó todo, hasta llegar a la última parte, la de su entrada al departamento del villano con el gas paralizante que le obsequió su hermana para la última Navidad, la ayuda que le había prestado la portera y su angustia por desconocer la suerte que había corrido la voluntariosa y servicial mujer. Aquí Felipe puso el grito en el cielo.

—¡La portera! ¿Cómo pudiste confiar en la portera? ¡Ema, por favor! Ella es cómplice de Olivari.

—¿Y yo qué sabía...? ¿Quién es Olivari?

—Olivari es el hombre de negro. Es traficante de animales. Los sacan de la selva misionera, los traen acá y después los distribuyen por distintos lugares. Para eso necesitan psicofármacos. Olivari me los compraba con recetas falsas. Un día lo descubrí y no le quise vender más. Él tuvo miedo de que lo denunciara y quiso meterme en el negocio. Yo me negué y empezó a amenazarme. La última amenaza fue la más grave. Se metió con mi familia. Entonces decidí ir a su departamento en busca de pruebas. Yo sabía que guardaba papeles que lo comprometían. Él mismo me lo dijo, seguramente sin darse cuenta. Yo también recurrí a la ayuda de la portera para que me dejara pasar, pero a sabiendas de que era cómplice de Olivari. Le dije que yo también estaba en el negocio, pero se ve que no me creyó.

–Seguro –continuó Ema–. Entonces en algún momento llamó al de negro por teléfono, el otro apareció con el canasto, te durmió y aquí estamos, charlando puerta por medio sin saber qué nos va a pasar.

–Tengo una idea, Ema, escuchame bien. Primero, yo me levanto y trato de empujar la cama para que quede la puerta libre. Segundo, vos que tenés las manos desatadas tratás de abrir la puerta. Y tercero, venís para acá y me desatás. ¿Qué te parece? ¿No es una buena idea?

–Sí, claro, muy buena. Vos ponés la idea, pero el trabajo lo tengo que hacer yo. ¿Me querés decir cómo hago para abrir la puerta?

–Ay, Ema, Ema; ¿no te acordás de las películas policiales viejas? Siempre aparecía una mujer que se sacaba una horquilla del pelo y abría una cerradura... No me digas que no tenés horquillas...

24

Los últimos rayos del sol de la tarde se metían en el galpón por una claraboya alta. Ni bien entró, Marcos sintió un olor conocido: olor a zoológico. Lo primero que vio, estaba directamente relacionado con esa primera impresión captada por su olfato: un enorme y bellísimo jaguar dormía pacíficamente en una jaula de gruesos barrotes. A continuación, alguien lo tironeó de un brazo, empujándolo hacia una enorme pila de canastos, como los que ya conocía. Detrás de esa enorme pila estaban Celeste y la chica. La que lo había tironeado había sido Celeste, porque la chica tenía las manos ocupadas con su cámara de video. Ahora, su amiga lo miraba llevándose el índice a la boca, como si él fuera tan estúpido como para no darse cuenta de que había que callarse. "¿De qué se las da?", pensó Marcos. En eso, reparó en el silbido, se oía muy cerca.

Un hombre entró al galpón llevando una bolsa de plástico; el hombre dejó de silbar. Se acercó a la jaula del jaguar, se arrodilló y sacó una jeringa de la bolsa. El pobre animal, que ya estaba dormido, recibió una dosis que seguramente lo haría dormir muchas horas más. El hombre guardó la jeringa, se incorporó, reanudó el silbido y se fue.

–¿Se dan cuenta? Eso es lo que hacen. Sacan a los animales de su medio ambiente, los duermen y los trasladan a otros lugares. Todo ilegal, por supuesto. Y nadie hace nada. Cada uno recibe su tajada. Corre mucha plata en todo esto, chicos. Perdón, no me presenté. Me llamo Angélica Benítez, soy periodista y estoy investigando el tráfico ilegal de animales. Si no me avisabas que se acercaba alguien –continuó, dirigiéndose a Celeste–, este hombre me hubiera sorprendido filmando. Y ahora cuéntenme ustedes, ¿qué están haciendo acá?

Los chicos contaron, turnándose en el relato y aportando uno los detalles que el otro olvidaba. Así, fueron pasando de Ema a Felipe, de Felipe a la farmacia, de la farmacia a las amenazas, de las amenazas al mono y al telescopio, después a la policía y los canastos, la camioneta, el Tigre, y ahí pararon porque el resto Angélica ya lo conocía.

–Ya veo –dijo Angélica, que había escuchado todo con mucha atención–. Lo que tenemos que hacer ahora es encontrar al señor y a la señora que ustedes buscan...

–Ema y Felipe –corrigió Celeste.

–Está bien. Ema y Felipe –repitió Angélica–. Yo sigo adelante con mi plan. Voy a filmar todo lo que pueda para presentarlo en el canal donde trabajo. Ustedes se quedan conmigo. Esto es peligroso. Vamos a tener que volver al muelle a buscar ayuda. Aunque...

—Angélica se interrumpió. Las cosas se estaban complicando...

—¿"Aunque", qué? —quiso saber Marcos.

—Mmm... aunque no sé quién nos va a ayudar. ¿Cómo sabemos en quién se puede confiar? Es muy probable que acá en la isla casi todos tengan algo que ver con los traficantes. Esta gente trabaja así, meten a muchos en el negocio, total les pagan poco, y como la gente no tiene trabajo, agarran viaje por lo que sea. ¿Entienden? No podemos acercarnos a cualquiera y decirle que en la isla hay traficantes de animales y que por favor nos ayuden porque tienen a dos prisioneros que queremos rescatar. Lo más seguro es que ya lo sepan y nos denuncien al jefe de la banda.

—O sea que —prosiguió Marcos—, a juzgar por las evidencias, tendremos que actuar por nuestra cuenta.

—Y yo diría que nos apuremos —continuó Celeste—, porque ya se está haciendo de noche.

25

No, no tenía horquillas en el pelo, qué iba a tener. Ésas eran cosas del tiempo de Ñaupa. Pero a falta de horquillas, a Ema se le ocurrió que bien podía servir el clavo oxidado con el cual se había desatado. Claro que primero tendría que sacarlo de la silla; y eso fue lo que intentó; al principio, por las buenas, y al no conseguirlo, directamente procedió a romper la silla a puro golpe, nomás. Y tanto golpeó, primero la silla y después la tabla donde estaba el clavo, que finalmente logró lo que quería: el clavo suelto. Y con el clavo suelto intentó abrir la cerradura. Pero no, qué iba a abrir. Del otro lado de la puerta Felipe, que ya había corrido la cama, hacía todo lo posible por darle instrucciones precisas, pero, claro, una cosa es la teoría y otra la práctica, porque, como la misma Ema decía: "vos estás ahí, muy cómodo, pero la que trabaja soy yo". Y Felipe, que cómodo no estaba, trataba de explicarle que un clavo no serviría de nada, porque no se podía doblar, que había que usar una horquilla porque era flexible y se le podía doblar la punta en forma de gancho. Y Ema del otro lado, "y dale con la horquilla, que ya te dije que no tengo". Y Felipe: "ya sé que no tenés, pero quiero explicarte que un clavo no sirve". Y Ema siguió intentando con el clavo, hasta que, harta del clavo y harta de las explicaciones de Felipe, revoleó el clavo por el aire, agarró el picaporte con ambas manos y empezó a tironear con tanta fuerza que Felipe del otro lado se asustó y le preguntó si se encontraba bien (en realidad, tenía miedo de que le hubiera agarrado un repentino ataque de locura). Ema no contestó y tironeó con más fuerza, y movió el picaporte hacia arriba y hacia abajo a toda velocidad, una vez y otra, y otra. Felipe no podía dejar de hablar, y Ema, nada, ni una palabra. "Si no está loca", pensaba el farmacéutico, "esta mujer es un verdadero volcán, un ciclón, un..."

–¡¡Felipeee!! –gritó Ema, mientras la puerta se abría de golpe y el buen farmacéutico caía sentado en el piso, sorprendido y emocionado por el triunfo de la valiente mujer.

—¡Ema! —fue lo único que se le ocurrió decir, mientras contemplaba a su dama, que lo miraba embobada y con el picaporte en la mano.

¿Para qué seguir con la contemplación? ¡Había que actuar! Primeramente, desatar a Felipe. Y Ema lo desató. Ahora, había que salir. ¿Por dónde? Era cuestión de probar. Puertas y ventanas había en las dos habitaciones; por alguna tendrían que salir. Probaron con las puertas: estaban todas cerradas con llave. Lógicamente, siguieron con las ventanas, y ahí resultó más fácil: sólo tuvieron que girar la manija y la celosía se abrió. Así de fácil.

—¿Y ahora, adónde vamos? —preguntó Ema, una vez que logró salir por la ventana con la ayuda de Felipe, que seguía mirándola como a su ángel de la guarda.

—Ahora, a volar —dijo él—. O a navegar, mejor dicho —agregó, al observar un bote que estaba amarrado junto al muelle—. ¿Sabés remar...?

—No, pero puedo aprender. ¡Vamos!

Claro que cuando ya se estaban acercando al muelle, Felipe reparó en las hortensias. Estaban ahí, al alcance de su mano. Imponentes, bellísimas, bañadas apenas por ese resplandor rojizo del atardecer. Felipe se agachó y tocó la tierra; era suave y se deshacía

en terrones sólo al pasarle los dedos; esa tierra tenía la humedad del río... Si él intentara plantar las hortensias en macetones grandes y mantener la tierra con esa humedad... ¿por qué no? Lograría una terraza repleta de hortensias, como siempre soñó y tantas veces intentó sin haberlo logrado jamás. Ya tenía la solución: todo era cuestión de preparar algún componente químico que le permitiera darle al agua de riego las propiedades del agua del río, entonces...

–¡Felipe! –gritó Ema, que ya estaba sentada en el bote y con los remos en las manos–. ¿Se puede saber qué estás buscando? ¡Vamos, hombre, hay que apurarse!

–Sí, ya voy –contestó él, apartándose lentamente de las hortensias–, lo que pasa es que se me ha ocurrido una idea genial –y tomando uno de los remos, empezó a contarle su plan para conseguir hortensias en la terraza.

Sin saber para qué lado tomar, se pusieron a remar siguiendo la corriente, porque lógicamente era mucho más fácil que hacer lo contrario. Y Felipe no paraba de hablar de las hortensias y sus planes de cultivo y riego, hasta que Ema lo interrumpió:

–¡Ahora recuerdo! *Cuidado con los toros en las hortensias*, dijo el de negro en el departamento. No sé qué habrá querido decir, pero dijo eso. Y hortensias acá hay a montones, lo que no veo son los toros... ¿Dónde estarán?

–preguntó, mirando hacia la orilla, de la cual ya se habían alejado bastante.

–Acá no hay toros. Habrás entendido mal. ¿No serían moros? En vez de moros en la costa, moros en las hortensias, ¿qué te parece?

–Muy gracioso el señor, pero yo escuché "toros", y no me extrañaría si alguno asomara la cabeza entre las hortensias.

Charla va y pelea viene, siguieron remando; no mucho más, en realidad, pero sí lo suficiente como para llegar a un recreo de los que se suelen ver en el delta del Paraná. Allí decidieron bajar, por varios motivos: uno, estaban cansadísimos y no podían más del dolor de brazos; dos, se morían de hambre y por suerte tenían algo de plata como para poder comer y tres, tal vez allí pudieran hablar por teléfono con sus familiares o llamar a la policía.

26

Angélica, Marcos y Celeste caminaron hacia el río, desandaron camino con la esperanza de encontrar una lancha que los alejara de ese lugar. "Con estos chicos a mi cargo, la cosa cambia", pensaba Angélica, "no puedo dejarlos solos. Además, si es cierta la historia de la desaparición de esas dos personas, hay que avisar a la policía". Pero al llegar al muelle, no encontraron ni una lancha, ni un bote que les permitiera salir de la isla. A unos cuantos metros del muelle se veía una casita en la cual antes no habían reparado; junto a su puerta, un hombre descansaba en un sillón de mimbre, con una espiral matamosquitos a sus pies.

–¿Lanchas? No, señorita, va a tener que esperar bastante. La última pasa a las doce. Recién se fue una. Lástima que la perdieron. ¿Por qué no van a esperar a "Las hortensias"? Ahí, si quieren, pueden comer y hacer tiempo hasta las doce.

–¿Dónde queda eso? –preguntó Marcos, entusiasmado ante la posibilidad de una comida.

–Acá nomás –contestó el hombre, señalando hacia su izquierda–, sigan por ese camino y el primer recreo que encuentren, ése es "Las hortensias".

Allá fueron, entre los grillos, las chicharras, los sapos, los helechos que bordeaban el camino y los mosquitos. Ya era de noche. El cielo se veía lindo, tan oscuro, iluminado sólo por las estrellas y la luna. Y entre las plantas, increíble, bichos de luz. Cientos, miles de bichitos de ésos que Marcos conocía sólo por referencias. Él jamás había visto luciérnagas en Buenos Aires. ¿Existirían en el parque Lezama? Tendría que ir de noche para averiguarlo. Pero no, difícil...

–¡Ahí está! –exclamó Celeste, al divisar entre los árboles un cartelón de chapa pintado de rojo e iluminado por un potente farol, alrededor del cual pululaba una nube de diminutos insectos. "Las Hortensias", se leía en grandes letras de pintura dorada.

–¿Van a comer algo? –preguntó una mujer, que llevaba un pañuelo floreado en la cabeza y un gran delantal azul.

–¡Sí! –contestaron los chicos, al mismo tiempo.

–¿Qué podemos comer? –preguntó Angélica.

–Chorizos, morcillas, papas fritas, ensalada...

–Muy bien. A ver... –dijo Angélica, dirigiéndose a los chicos–. ¿Qué les parece un sándwiche de chorizo con una fuente de papas fritas...?

El acuerdo fue total. Llegaron los sándwiches de chorizo y las papas fritas, y volvieron a llegar, porque al terminar la primera tanda, todos seguían con hambre, así que hubo que repetir. Y el tiempo de la cena sirvió también para que los tres se conocieran mejor. Angélica habló de su trabajo como periodista, de su amor por la naturaleza, de su odio a la injusticia, de Salta, que era su provincia natal, de su infancia en ese paisaje tan querido, de sus padres que seguían viviendo en la misma casa donde ella había nacido y, en fin, habló hasta por los codos, como era su costumbre. Los dos chicos la escuchaban con admiración, sobre todo Celeste, que acababa de descubrir su verdadera vocación: sería periodista. Tendría su propio noticiero en la televisión y se encargaría de descubrir todos los chanchullos habidos y por haber. El mundo entero le temería a Celeste Ballesteros, defensora de la verdad y la justicia.

Marcos, en cambio, pensaba en escribir una novela en la que contaría la aventura que ahora estaban viviendo. La única duda que se le presentaba era dónde incluir a Angélica. Sería un personaje muy importante, eso no lo dudaba. Lo que no sabía era si ponerla directamente como protagonista o...

–¡Miren! –exclamó Celeste, señalando un rincón del gran salón comedor–. ¿Qué bicho es ése?

–Eso no es ningún bicho, nena, ¿no te das cuenta? –corrigió Marcos, con cierto aire de superioridad, tratando de que Angélica notara la variedad y calidad de sus conocimientos–. Fijate bien, ¿no ves que es un toro?

27

—¿No hubiera sido mejor que comiéramos adentro, Ema? —preguntó Felipe, mientras acomodaba un plato con sándwiches de chorizo y una fuente de papas fritas sobre una de las mesas que estaban al costado del recreo, junto al río—. Acá los mosquitos también van a cenar, y nosotros vamos a ser su festín.

—Prefiero ser el festín de los mosquitos y no de los toros, querido mío —sentenció Ema, manoteando un sándwiche—; me muero de hambre.

—Ay, Ema, Ema, ¿qué te puede hacer un toro embalsamado, me querés decir?

–Nada. No soy tan tonta como para tenerle miedo a un toro embalsamado. Pero ese toro significa algo. Acordate: *Cuidado con los toros en las hortensias*... o *de las hortensias*, para el caso es lo mismo. Y las hortensias no son tus flores, estimado amigo, es este recreo –insistió Ema, señalando el pomposo cartel rojo con letras doradas, donde se leía: "Las hortensias".

–Está bien, está bien. Lo que no sabemos es a qué toros se refería nuestro estimado Olivari –contestó Felipe.

–Lo único que sabemos es que acá hay algo raro –siguió Ema, que dudaba entre masticar el sándwiche y hablar. Finalmente hizo las dos cosas a la vez–. Esa mujer, por ejemplo, la que nos atendió. ¿No te parece rara? ¿Vos le creíste que los teléfonos están descompuestos desde la última tormenta? No, señor, ¡miente! Tiene cara de cómplice.

–¿Y cómo es una cara de cómplice? Porque a la portera le viste cara confiable y sin embargo...

–Bueno, cualquiera se puede equivocar. Ojalá que esta mujer haya dicho la verdad, sobre todo en eso de que pasa una lancha a las doce, porque si no, no sé qué vamos a hacer. No creo que nos podamos ir remando. Yo ya no tengo fuerzas ni para comer –concluyó Ema, mientras empezaba el segundo sándwiche de chorizo.

–Está bien. Con fuerzas o sin fuerzas, co-
mamos y... disfrutemos de los mosquitos.
¡Buen provecho! –concluyó Felipe, arreme-
tiendo con la fuente de papas fritas.

28

—¿Y se puede saber para qué tienen un toro embalsamado? –preguntó Celeste.

–De adorno, para qué va a ser –respondió Marcos, convencido de que su amiguita estaba haciendo preguntas cada vez más tontas.

–Bueno, a lo mejor a alguien se le ocurre usarlo como perchero... –se defendió ella, presintiendo que su amigo quería hacerla pasar por tonta delante de Angélica.

–Tal vez sea una especie de amuleto para los dueños de este lugar –sostuvo Marcos, tratando de dar a sus palabras cierto aire doctoral que consideró interesante ejercitar delante de Angélica–. El toro es símbolo de fuerza —continuó—, creo que, en el fondo, lo que esta gente siente es que al tener un toro embalsamado, es como si tuvieran su espíritu y de esta manera el toro les transmite su fuerza y su valor.

—Sí, algo de eso hay —dijo Angélica—. Son creencias muy antiguas que de un modo u otro persisten hasta nuestros días.

"Lo único que faltaba", pensó Celeste. "Quiere impresionar a Angélica haciéndose el intelectual. No me lo banco tan tarado". Y tratando de cambiar el giro de la conversación hacia algo más concreto (sobre todo para sacar a Marcos del centro de atención de Angélica), preguntó:

—¿No sería mejor que habláramos por teléfono con nuestras familias o con la policía?

—Veo que estás desinformada... —se apresuró a contestar Marcos—, mientras vos te dedicabas a investigar el toro embalsamado, Angélica averiguó que no funciona ni un solo teléfono en toda la isla desde hace tres días, por culpa de la tormenta.

—Ajá... —suspiró Celeste, prometiéndose firmemente retorcerle el pescuezo a su amigo, ni bien se le presentara la primera oportunidad.

29

La noche estaba linda, a pesar de los mosquitos. Ema y Felipe no dejaron ni una sola papa frita. Podían charlar tranquilos; hasta las doce tenían tiempo de sobra. Desde que Felipe descubrió las hortensias a través de la ventana de la habitación donde lo habían encerrado, no dejaba de pensar en su tantas veces fracasado proyecto de cultivarlas en la terraza. Y ahora, la idea de lograr agua de riego semejante a la del río Paraná le daba vueltas en la cabeza y lo llenaba de entusiasmo.

–El río –explicaba Felipe– trae gran cantidad de sedimentos. Yo tendría que lograr algo así para combinarlo con el agua de riego. ¿Te das cuenta...? Ema... te estoy hablando...

–¡Ssshh! Agachate y no hables –ordenó Ema, mientras se arrodillaba en el suelo y espiaba por encima de la mesa, en dirección a la entrada del recreo.

Ninguna precaución estaba de más. El hombre de negro y el de azul acababan de entrar al comedor del recreo.

–Tenemos que irnos ya mismo –susurró Felipe, que también se había arrodillado–. Deben estar buscándonos a nosotros. Vayamos al muelle y nos escondemos ahí hasta que llegue la lancha.

Ayudados por la frondosa vegetación, Ema y Felipe se alejaron del recreo. Nadie los vio irse. Nadie los había visto llegar... salvo, claro, la señora del recreo...

30

—Mi marido está ocupado, ¿qué quieren? –preguntó la mujer del pañuelo floreado y el delantal azul.

–Está bien, señora, no hace falta que lo llame –contestó el hombre que vestía de negro–. Lo que queremos saber es si no anduvieron por acá un hombre y una mujer mayores, de unos sesenta y pico de años. El hombre es más bien flaco y la señora... tirando a gordita, digamos.

–No, señor, acá no estuvieron.

En ese momento, un hombre apareció por la puerta de la cocina, a un costado del

mostrador donde estaba acodada la mujer. El hombre era su esposo.

–¿Me buscaban? –preguntó.

–Buscamos a un hombre y una mujer y pensamos que podían estar por acá... Su señora dice que no los vio... –intervino el de azul–. Si llegan a verlos... nos avisan.

–¿Y por qué tendríamos que avisarles, si se puede saber? –preguntó el dueño del recreo, como desafiando al otro.

–Bueno... esas personas tienen una deuda con nosotros... y... si ustedes nos ayudaran a encontrarlas... bueno... creo que se verían beneficiados... –el de negro dejó la frase inconclusa a propósito. Estaba claro que en realidad se trataba de una amenaza.

A pocos metros del mostrador, Marcos, Celeste y Angélica escuchaban la conversación sin moverse, respirando apenas, tratando de disimular lo mejor posible su presencia en el lugar. No hacía falta demasiada suspicacia para darse cuenta de que hablaban de Ema y Felipe. ¿Andarían por allí? ¿Los habrían tenido prisioneros y lograron escaparse? ¿Dónde estaban? Por suerte, los dos hombres dieron por terminada la conversación y se fueron. Los tres respiraron aliviados, pero Marcos se había quedado pensativo.

—Esta gente —dijo, refiriéndose a los dueños— parece tenerle bronca a los dos mafiosos. ¿Vieron la cara que les pusieron? ¿Vieron cómo contestaban?

—Sí —dijo Angélica—. La mujer puso mala cara ni bien los vio entrar, y el marido parecía que les quería pegar.

—¿Por qué no hablamos con ellos? —sugirió Celeste—. En una de ésas nos ayudan.

—Está bien —aprobó Angélica—. Pero con cuidado. No contemos nada. Veamos primero qué nos pueden decir ellos. Hablemos de cualquier cosa.

—Yo empiezo —dijo Celeste, entusiasmada y decidida a no dejar que su amigo tomara la iniciativa, sobre todo cuando la idea había sido de ella.

—¿Qué vas a decir? —preguntó Marcos, con cierto temor de que su amiga metiera la pata.

—Vos escuchá y te vas a enterar —le dijo ella, malhumorada y como tratando de amordazarlo con la frase.

—Sí, pero... —amordazar a Marcos con palabras era prácticamente imposible, porque él siempre tenía algo que decir. Aunque esta vez Celeste no lo dejó terminar de hablar y, encarando a los dueños del recreo, les preguntó:

—Disculpen, pero ¿me podrían decir por qué tienen un toro embalsamado?

—Sí, claro —respondió el hombre, sonriendo y acercándose a la mesa—. Es una historia familiar. Este toro perteneció a mi abuelo, que vivía en el campo y llegó a tener unas cuantas cabezas de ganado. Cuando murió el primero de los toros que tuvo, decidió embalsamarlo y que quedara como símbolo de la familia. Entonces, cuando tiempo después mi padre se vino para el Tigre con la idea de instalar este recreo, mi abuelo le regaló el toro para que lo pusiera aquí y le trajera buena suerte.

—¿Vendría a ser algo así como un símbolo de fuerza? —agregó Marcos, antes de que Celeste pudiera decir algo.

—En realidad, no —respondió el dueño, y aquí Celeste sonrió, mirando a su amigo de reojo—. Para mi familia, al menos, es algo más simple. Tiene que ver con nosotros por el apellido. Toro. Nosotros nos llamamos Toro.

Tanto el hombre como la mujer estaban dispuestos a conversar. Se notaba que tenían ganas de contar cosas y enterarse de otras. Eran gente amable; inspiraban confianza. Por eso Angélica fue llevando la conversación para el lado que ella quería. Un gato que dormía en una silla fue el pretexto: sirvió para hablar de su amor por los animales. Los chicos comprendieron la intención de Angélica y cada uno agregó un comentario de su propia cosecha. Así empezó una conversación bastante amena, en torno al tema de los animales. Después, Angélica se arriesgó y dijo algo acerca del tráfico ilegal de algunas especies que ya estaban en vías de extinción. El hombre palideció, mientras su esposa trató de cambiar el tema de la conversación, refiriéndose a los teléfonos y las tormentas. Entonces Angélica decidió jugarse del todo y habló de la investigación que estaba realizando (sin dar detalles) y de su programa de televisión donde pensaba exponer los resultados de su trabajo. A medida que iba hablando, se daba cuenta de que las facciones de marido y mujer se iban ablandando, como si hubieran dejado de estar en guardia.

–Y... ¿por ese motivo vino hasta acá? –preguntó la señora, manifestando cierta ansiedad.

–Así es –respondió Angélica, que ya se había dado cuenta de que sólo faltaba un empujoncito más para que tanto el hombre como la mujer se decidieran a hablar–. Tengo informaciones muy puntuales –prosiguió–, acerca de una importante red de traficantes que operan por aquí. Traen los animales de la selva misionera y después los mandan a Buenos Aires o los sacan del país. Ustedes... ¿podrían darme alguna información?

–Sí, nosotros podemos ayudarla –dijo el hombre, como sacándose un peso de encima–. Esos dos hombres que se acaban de ir, son de la banda. Hay otros, pero éstos dos son los que más se dan a conocer. A nosotros nos amenazaron varias veces porque no queremos colaborar. Acá hay mucha gente que trabaja para ellos, pero mi mujer y yo nos negamos a ser sus cómplices. Tampoco nos animamos a denunciarlos a la policía porque ya no sabemos en quién confiar. En cambio con usted... si saca todo en la televisión y va de frente, ahí la cosa cambia. Cuente con nosotros.

–Le tomo la palabra –dijo Angélica, muy seria–. Además, la cosa se complica porque hay un secuestro de personas. El hombre y la mujer mayores por los cuales preguntaban esos delincuentes son familiares de estos chicos.

–¡Un momentito! –interrumpió la dueña–. Yo les dije a esos tipos que no había visto a esas personas porque me imaginé algo sucio de por medio. Pero, ¡sí, los vi! Estuvieron aquí. Vinieron un rato antes que ustedes y pidieron sándwiches de chorizo y papas fritas.

–¡Eso lo pidió Ema, seguro! –interrumpió Marcos.

–¿Y después qué hicieron? –preguntó Celeste–. Cuando nosotros entramos no los vimos...

–No, no estaban –continuó la dueña–. La señora no quiso comer adentro. El hombre quería, pero ella no. Dijo que mejor iban a estar afuera. El hombre se negaba, por los mosquitos; pero al final hizo caso y se fueron los dos, llevando la comida ellos

mismos. La señora no me dejó que yo sirviera. Parecía desconfiar.

–¿Y a usted no le contaron nada de lo que
les pasaba? –preguntó Celeste.

–No, nada. Primero me dijeron que querían hablar por teléfono, entonces les expli-
qué que no funcionaban. Después me pre-
guntaron cómo salir de la isla y les dije que la
última lancha pasa a las doce...

–¡En el muelle! ¡Tienen que estar en el
muelle! –gritó Marcos, entusiasmado.

–¡Vamos! ¿Qué estamos esperando? –siguió Celeste, levantándose de la silla.

–¡Un momento, chicos! –los atajó Angélica–. Tenemos que organizarnos. No se olviden que esos tipos también están buscando a
Ema y a Felipe. Y deben andar por ahí, si es
que todavía no los encontraron.

–Tiene razón –dijo el dueño, dirigiéndose
a Angélica–. Esa gente es muy peligrosa. Hay
que hacer las cosas con cuidado. Mi esposa y
yo vamos con ustedes.

–¿Y si Ema y Felipe no aparecen? –preguntó Marcos con cierto temor.

–Bueno, en ese caso, habrá que avisar a la
policía inmediatamente –contestó Angélica–, y para eso tendremos que tomar la lancha de las doce. Así que, con ellos o sin ellos,
saldremos de la isla.

–Tienen que estar en el muelle. Vamos a
buscar bien –insistió Marcos.

–No se olviden que si nos ven merodeando, van a sospechar –dijo la dueña–. Yo creo que tendríamos que separarnos. De ustedes no sospecharán nada porque no los conocen. Entonces podrían buscar por los alrededores, tratando de no llamar demasiado la atención, por las dudas... En cuanto a nosotros –prosiguió la mujer, mirando a su esposo–, estaremos ahí, listos para actuar...

32

Angélica y los chicos salieron rumbo al muelle. La noche era espléndida, con estrellas, luna, bichitos de luz, grillos, perfume de jazmines, en fin, no faltaba nada como para considerarla realmente hermosa. Pero... no, no estaban ellos para apreciar las exquisiteces de la noche. Ya eran casi las once. Habían recorrido la orilla del río, desde el recreo hasta el muelle, y ni noticias de Ema y Felipe. ¿Los habrían atrapado? Para colmo, el lugar parecía desierto. Ahí estaba la casita del hombre con el que habían hablado unas horas antes. No se veía luz en su interior. ¿Habría alguien?

–¿Por qué no llamamos? –sugirió Marcos–. En una de ésas el hombre nos puede ayudar...

–¿Y si está de parte de los traficantes? –preguntó Celeste.

–Sí, es una posibilidad –dijo Angélica–. Acuérdense de lo que dijeron los dueños del recreo de que compran a medio mundo.

–A ellos no los compraron –insistió Marcos–. Puede haber otras personas que tampoco se hayan dejado comprar.

–Sí, pero nosotros no podemos saberlo –volvió Celeste al ataque.

–No se puede desconfiar de todo el mundo –ahora Marcos, contraatacando.

–Yo no desconfío de todo el mundo –dijo Celeste, levantando el tono de voz–. Desconfío de la gente de aquí.

–Me parece que lo mejor va a ser que hablemos con el hombre de la casa de una buena vez –concluyó Marcos, buscando la aprobación de Angélica con la mirada.

Pero antes de que Angélica pudiera aprobar o desaprobar, un ruido los sorprendió del lado del río. Un ruido y un grito. Y también un chistido.

–¡Ema! –exclamó Marcos–. ¡Ese grito es de Ema!

–¡Y el que chistó es mi abuelo! –gritó Celeste–. Estoy segura.

33

El ruido lo había provocado el remo al golpear contra el bote que Felipe había dado vuelta en el río. El grito, efectivamente, lo había articulado Ema al arrojar el remo al agua y comprobar que golpeaba contra el bote ocasionando el ruido ya mencionado. Y el chistido, obviamente, era de Felipe tratando de silenciar a Ema.

Momentos antes, cuando los dos salieron del recreo debido a la presencia de Olivari y su cómplice, se encaminaron derecho al muelle, con la intención de ocultarse y esperar la lancha de las doce. Así lo hicieron, eligiendo como escondite, bastante seguro al parecer, la abundante vegetación cercana al muelle, compuesta por enormes helechos y, como es de esperarse, bellas, bellísimas hortensias rosadas, celestes, lilas, resplandecientes de gotas de rocío y reflejos de luna.

Y ahí se habían quedado los dos, ocultos, hablando bajito, espiando entre las hojas para ver si se acercaba alguien, charlando de sus cosas, de su familia, tal como lo hacían en la farmacia, aunque, claro, ahora con temor de que los descubrieran. Temor más que fundado, porque en un momento vieron a sus perseguidores en el muelle. Olivari y el otro mirando hacia el río; ¿qué pensarían?, ¿que los iban a ver remando? Cómo para remar estaban ellos. Habían tomado la precaución de esconder el bote entre las plantas y si estos tipos lo llegaban a encontrar, también los encontrarían a ellos. Pero los dos hombres dieron unas vueltas más y siguieron caminando en dirección contraria a la del recreo. Ema y Felipe salieron de su escondite. Tenían un plan. Los dos tipos volverían antes de las doce. ¿Qué hacer? Muy simple, había que dar vuelta el bote en el río para que pensaran que se habían ahogado. Fácil. En eso estaban cuando aparecieron Angélica, Celeste y Marcos. Lo que sigue, ya se sabe: el ruido, el grito, el chistido.

34

—Tienen que estar por acá –dijo Celeste, que había corrido hasta la orilla.

–¿Y ese bote? –preguntó Marcos–. ¿Se habrán caído al agua?

–No puede ser –aseguró Angélica–. Si se hubieran caído, estarían ahí nomás, donde está el bote, tratando de salir; el río no es muy profundo en la orilla. No se pueden ahogar tan rápido.

Los tres no dejaban de mirar el bote ni de hablar, cuando de repente, oyeron que alguien chistaba a sus espaldas. Increíble. Entre las plantas de hortensias, como si fueran dos flores más, emergían dos cabezas.

–¡Ema!

–¡Abuelo!

–¡¡¡¿Se puede saber qué hacen ustedes acá...?!!!

35

Por supuesto, los chicos explicaron qué hacían ahí, cómo habían llegado, quién era Angélica y por qué estaba con ellos y cómo pensaban irse. Claro que sin dar detalles y rápido, muy rápido.

Después fue el turno de Ema y Felipe. Sin salir de la planta, como dos hortensias parlantes, contaron lo suyo. También sin detalles y en poquísimo tiempo.

Cumplida eficientemente la parte informativa, ahora sólo restaba lo más difícil: elaborar un plan para abordar la lancha sin que los traficantes los descubrieran. Y esto sí que era difícil, porque Olivari y su cómplice, y tal vez muchos más, volverían a buscarlos.

–Si vuelven y ven el bote dado vuelta, van a pensar que nos ahogamos –dijo Ema.

–Mmmm, no creo... Al menos no podemos estar tan seguros –sostuvo Angélica–. Además, no sabemos dónde va a estar el bote cuando ellos vengan. ¡Miren! –prosiguió, señalando hacia el río–, se lo lleva la corriente, y bastante rápido.

–Fracasó el plan del bote –dijo Felipe, desanimado.

–No importa, abuelo, pensaremos otro –trató de consolarlo Celeste.

En ese momento, Ema se hundió en la planta de hortensias, al tiempo que tironeaba a Felipe del brazo para que hiciera lo mismo.

–Ahí vienen, ahí vienen, esos dos son cómplices de los traficantes –murmuró entre las hojas, alertando a los chicos y a Angélica, que inmediatamente se dieron vuelta para ver quiénes eran los que se acercaban.

–Pero no, Ema. Ésos no son cómplices. Quedate tranquila –exclamó Marcos–. Son los dueños del recreo Las Hortensias. Los Toro. Son buenos...

–¿Los toros? ¿Traen a los toros también? –alcanzó a gritar Ema, antes de que Felipe le tapara la boca, como simple precaución, nomás.

Los Toro se acercaron al grupo y notaron, con gran extrañeza, que Marcos se había arrodillado y hablaba con la planta de hortensias. Angélica fue la encargada de explicar la confusa situación; claro que no entendía lo de los toros, pero sí comprendía que Ema y Felipe desconfiaran de cualquier persona de la isla. Después de todo, ella y los chicos habían hecho lo mismo.

–Nosotros los queremos ayudar y se nos ocurrió una idea –dijo la dueña, dirigiéndose a la planta de hortensias–. Hay que apurarse, Olivari va a venir antes de las doce. No se dará por vencido así nomás.

El primero en asomarse fue Felipe. Después, tironeada por Felipe, se asomó Ema.

–Ahora, escuchen –dijo el hombre del recreo–. El plan no es complicado, pero hay que tener mucho cuidado...

36

Faltaban veinte minutos para las doce. Sentados en un banco de madera, frente al muelle, Angélica y los chicos aguardaban la llegada de la lancha.

Sentados en otro banco de madera, a unos metros del anterior, estaban los Toro. La mujer, con su pañuelo floreado en la cabeza y un amplio impermeable que la cubría casi hasta los pies; paraguas y bolso de mano. El hombre, también con impermeable, boina y un gran paquete sobre las rodillas.

Silencio casi absoluto en la noche (casi: no hay que olvidarse de los sapos, los grillos, las chicharras). Enseguida, un suave rumor de pasos que para nada alteró la armonía nocturna. Los pasos se fueron acercando. Ahí estaban los dos hombres. El de negro y el de azul habían llegado.

—Buenas noches —saludaron, mirando con extrañeza a los dueños del recreo.

—Buenas —contestaron ellos.

Angélica, Marcos y Celeste, como si oyeran llover. Nada. Miraban el río, la luna, las estrellas...

—Por casualidad —empezó el de negro—, ¿no vieron por acá al hombre y la mujer que andamos buscando?

—No vimos a nadie —contestó la señora.

—¿Va a llover? —preguntó el de azul, reparando en los impermeables y el paraguas.

—Anuncian lluvia para más tarde —respondió la mujer—. Hay que estar prevenidos...

—Ajá... —intervino el de negro—. Y por lo que se ve, van de paseo.

—Así es —dijo la señora—. Dejamos a mi hermano a cargo del recreo y nos tomamos dos días de vacaciones.

—¿Qué saben de la chica y los pibes? —preguntó Olivari, señalando con la cabeza hacia el otro banco.

—Muy poco —contestó la señora—. Parece que los dos chicos se escaparon de la casa y vinieron a parar acá. Se les acabó la plata, estaban asustados y la chica los convenció para que volvieran a su casa.

–¿Y a qué vino la chica esa? –siguió preguntando Olivari como al descuido, pero con autoridad, obligando a que le respondieran, intimidando. Era su método.

–Es empleada doméstica –volvió a contestar la señora, mintiendo con naturalidad–. Según nos contó, la contrataron para trabajar en un recreo, en otra isla, pero la pobre se confundió y vino a parar al nuestro.

–Realmente conmovedor –se burló Olivari, llevándose la mano al corazón.

–No creo que usted sea capaz de conmoverse –le dijo la mujer, mirándolo muy seria.

–Bueno, bueno... –siguió Olivari, sin prestar atención a las últimas palabras de la señora–, nosotros nos retiramos... Aunque ya saben que nunca nos vamos del todo... –agregó, también como al descuido, seguro de que los Toro entendían perfectamente a qué se refería–. Que tengan buen viaje –concluyó, con una odiosa sonrisa.

Y sin decir más, se retiraron los dos. Faltaban diez minutos para las doce. La noche seguía hermosa y en calma. De la lluvia, ni noticias.

37

Eran las doce de la noche y se oyó el ruido de un motor. Un hombre de pelo blanco, el piloto, acercó la lancha al muelle. Lo acompañaba un muchacho. Marcos y Celeste fueron los primeros en subir, los siguió Angélica, abrazando su mochila. Detrás, la señora con el largo impermeable, el pañuelo floreado, el bolso y el paraguas. Por último, el hombre, también con su impermeable, con la boina calada hasta los ojos y cargando su gran paquete. Todos se acomodaron en la lancha. El piloto levantó un brazo, y gritando "nos vamos", volvió a poner la lancha en movimiento.

En el muelle quedaron dos hombres, uno vestido de azul y el otro de negro, contemplando la lancha que se alejaba y demostrando que, efectivamente, ellos nunca se iban del todo. Pero como ya no les quedaba nada que hacer (en el muelle, al menos) se fueron.

El cielo seguía estrellado, limpio, despejado. Ni asomo de lluvia. Una linda noche, como tantas. Noche de grillos, chicharras y sapos, de jazmines y de hortensias bañadas por la luna. Hortensias. Enormes plantas de hortensias, como una que estaba allí, entre el muelle y el río, y que una vez que se fueron los dos hombres, entreabrió sus hojas para dejar ver dos cabezas, dos caras sonrientes y cómplices.

–Ya está, podemos salir –dijo la mujer.

–Será un placer –dijo el hombre.

Juntos, el señor y la señora Toro salieron de las hortensias.

Tirado en el sillón del living de su casa, con las manos debajo de la cabeza y los pies (con zapatillas puestas) sobre el apoyabrazos, Marcos pasaba en limpio la "aventura del Tigre", como él mismo la llamaba. Aparentemente, ahora cada cosa estaba en su lugar. Por empezar, la banda de traficantes. Todos presos. Tal como se lo había propuesto, Angélica armó un programa para la televisión con todo lo que había filmado en la isla. También agregó otros videos que tenía preparados de antes, más los testimonios del matrimonio Toro y de Ema y Felipe, que fueron las estrellas de la noche contando su cautiverio y cómo lograron escapar, primero de la casa y después de la isla, burlando a sus perseguidores gracias al ingenio de los dueños del recreo que los hicieron vestir con sus ropas, ni bien el de negro y el de azul se retiraron y con todo el apuro posible, ya que era seguro que volverían para ver si Ema y Felipe subían a la lancha.

Por supuesto, él y Celeste también fueron protagonistas en el programa de Angélica. Tuvieron que hablar acerca de "la adulta decisión de dos chicos de ocultarse en una camioneta y partir con rumbo desconocido, para salvar a sus abuelos" (en esta parte Ema

interrumpió al periodista que dirigía el programa junto con Angélica para aclarar que ella no era abuela, sino amiga de Marcos, lo cual engrandecía aun más la valentía de ese chico maravilloso que ella prácticamente había criado); el periodista miró a Ema con cara de perdonavidas, le sonrió generosamente y siguió hablando de esos "chicos ejemplares que decidieron jugarse por sus mayores, en una época en que nadie valora a los ancianos" (aquí, Ema abrió los ojos como dos platos y exclamó: "¿Ancianos? ¿Qué dice este hombre?" Por suerte, el periodista no la escuchó... o hizo como que no la escuchaba... y nadie reparó en el manotazo que Felipe le tiró por debajo de la mesa).

Después le tocó el turno a la policía. Si bien es cierto que fueron eficaces para atrapar a los traficantes y desarticular toda la banda a partir de las pruebas aportadas por Angélica, también es cierto que la primera vez que Ema fue a hacer la denuncia por la desaparición de Felipe no le llevaron el apunte. Ni a ella ni a los chicos, que fueron después a denunciar la desaparición de Ema. Aquí Angélica se despachó a gusto y habló de la competencia de nuestra policía para coimear y matar ladrones, pero no para ayudar a la comunidad. Los padres, tanto de Marcos como de Celeste, también aportaron lo suyo, porque a ellos les tocó hacer la denuncia por la desaparición de sus hijos y, ¿qué había sucedido?, que prácticamente tampoco les llevaron el apunte. Les dijeron que se quedaran tranquilos, que ya aparecerían, que los chicos acostumbraban ausentarse durante el día y que, si a la noche no volvían, entonces sí les tomarían la denuncia. "Y a ninguna de esas mentes privilegiadas se les ocurrió asociar la ausencia de nuestros hijos con las denuncias anteriores" –se indignó el padre de Celeste cuando Angélica le pidió su opinión–. "Nuestros hijos habían estado allí mismo denunciando la desaparición de la señora Ema y ni siquiera nos informaron..." –siguió con la misma indignación el padre de Marcos.

Resumiendo, el programa había salido fantástico. Todos hablaron tranquilos, sin temor a revanchas porque los traficantes ya estaban presos. Angélica convenció a varios de la isla para que dieran su testimonio, aparte de los Toro, se entiende, y al final hubo más pruebas en contra de la banda de las que se sospechaba al principio.

En cuanto a la portera del edificio donde vivía Olivari, también le tocó lo suyo. Y fue Olivari en persona quien la mandó al frente, confesando que la mujer en cuestión le hacía "algunos trámites", como por ejemplo servir de contacto con algunos clientes, o mostrar la "mercadería" a algún "cliente especial"; en estos casos, Olivari llevaba el animal solicitado por ese "cliente especial" a su propio departamento, a sabiendas de la portera que era la encargada de alimentarlo o vigilarlo en los momentos en que él se encontraba ausente. Concretamente esto sucedió con el mono; y aquí cayeron unos cuantos porque había de por medio un funcionario del gobierno metido en el asunto. Parece ser que el tal señor estaba muy interesado en un mono para regalárselo a su hijita, y por intermedio de otros funcionarios, entró en contacto con Olivari. Éste le consiguió el mono, lo llevó a su departamento y ahí lo tuvo a la espera de la visita del interesado. La portera se lo mostró, al señor le gustó y después Olivari se lo entregó en su propio domicilio. Como Olivari, al ser interrogado por la policía, involucró a la portera, ésta habló del funcionario. El funcionario, para salvarse, dijo no saber nada de la ilegalidad del asunto y derivó toda la responsabilidad a los otros funcionarios que lo conectaron con la banda. Y así, como suele suceder, cae uno y detrás de ése caen un montón más.

En fin, el asunto dio bastante que hablar. Primero empezó Angélica con su programa y después siguieron los diarios, la radio, los demás canales de televisión y el país entero, en definitiva. Todo el mundo se preocupó

por las especies en extinción, por la cruel-
dad de sacar a los animales de su medio ambiente y por la complicidad de los funcionarios que de un modo u otro lo permiten, ya
sea haciendo la vista gorda y recibiendo
coimas o bien comprando animales en forma ilegal.

"Cuánto para escribir", pensaba Marcos,
sin moverse del sillón. "El asunto es por dónde empezar". Todo lo que se había publicado
en los diarios ya lo había leído. Él quería otra
cosa. Pensaba en una novela con un detec-
tive protagonista (él, desde luego) y Celeste como... bueno, no sabía muy bien qué papel le daría a Celeste. El argumento giraría
alrededor del tráfico de animales. Olivari
sería el delincuente principal. Tal vez, Celeste podría ser raptada por la banda y el de-
tective la rescataría...

Tres golpes en la puerta interrumpieron
el desarrollo del argumento. Y enseguida
dos golpes más. "Y el timbre ahí, a disposi-
ción de cualquiera", pensó Marcos mientras se levantaba del sillón.

—¿Dónde estabas, Ema? Te llamé un
montón de veces.

—Comiendo zapallitos en lo de mi hermana,
corazón. Vení, apurate, que Carlitos debe estar
esperando para entrar. El sinvergüenza estuvo afuera toda la noche y esta mañana,
cuando me fui, todavía no había aparecido.

Ni bien entraron al departamento, Ema abrió la ventana. Carlitos no estaba.

—Atorrante —murmuró—. Ya vas a venir cuando tengas hambre.

—¿Cómo anda Felipe con las hortensias? —preguntó Marcos, mientras se acomodaba frente al telescopio.

—Me dijo que el agua ya está lista. Me contó la fórmula con lujo de detalles, pero como yo de eso no entiendo un pito, ya me olvidé. Lo importante, nene, es que al fin plantó las hortensias y ya tiene fertilizantes y no sé qué historia más. Como verás, queridito, todo marcha muy bien.

—Me alegro por las hortensias y por Felipe. Ahora, decime, con vos, ¿cómo van las cosas? ¿Volviste a comprar aspirinas?

—No, corazón. Ya no hace falta. Ahora... ahora Felipe y yo... digamos que... estamos en otra etapa.

—¡Ja! ¿Qué diría el periodista que los trató de ancianos si se enterara? ¿Eh, abuela? —se rió Marcos, sin despegarse del telescopio.

—¡Qué va a decir! Ése no sabe nada de la vida —se ofendió Ema—. Y vos, nene, cuidadito con lo que decís. Nada de abuela, ¿eh? Mirá que me pongo nerviosa y revoleo el costurero.

—Claro, ¿qué problema tenés, si total lo ordeno yo?

Ya era la hora de tomar la leche. Ema se fue a la cocina cantando un tango. Marcos siguió mirando por el telescopio. Había encontrado a Carlitos: dormía plácidamente junto a otros gatos, debajo de un arbusto de flores blancas.